KB207507

WHAT MEN LIVE BY

사람은 무엇으로 사는가

LEV NIKOLAYEVICH TOLSTOY

소담 클래식 001

사람은 무엇으로 사는가 — 톨스토이 단편선

펴 낸 날 | 2025년 3월 7일 초판 1쇄

지 은 이 | 톨스토이
옮 긴 이 | 이은연
펴 낸 이 | 이태권

책임편집 | 정지원
북디자인 | 김혜수

펴 낸 곳 | 소담출판사
서울특별시 성북구 성북로5길 12 소담빌딩 301호 (우) 02880
전화 | 02-745-8566   팩스 | 02-747-3238
등록번호 | 1979년 11월 14일 제2-42호
e - mail | sodambooks@naver.com
홈페이지 | www.dreamsodam.co.kr

ISBN 979-11-6027-473-8 (04890)
        979-11-6027-474-5 (세트)

사람은
무엇으로 사 는가

레프 톨스토이

WHAT MEN LIVE BY

LEV NIKOLAYEVICH TOLSTOY

나는 이제야 알았다.
모든 사람이 자신의 일을
걱정하고 애씀으로
살아갈 수 있다고 생각하는 것은
인간이 그렇게 생각하는 것일 뿐,
실은 오직 사랑에 의해서
살아가는 것이다.

CONTENTS

사람은 무엇으로 사는가

✝

1

한 구두 수선공이 아내와 자식들을 데리고 어느 농가에
세 들어 살고 있었다. 그는 집도 땅도 없어서 구두 만드는
일로 겨우 가족을 먹여 살리고 있었는데 빵값은 비싸고 품
삯은 적어서 버는 것은 모두 먹는데 써 버릴 수밖에 없었다.

구두 수선공은 슈바(겨울 코트) 한 벌을 아내와 둘이 번
갈아 입었는데, 그것마저도 낡아서 누더기였다. 그래서 2년
전부터 양가죽을 사서 새 슈바를 만들어야겠다고 마음먹
고 있었다.

가을이 되자 구두 수선공에게 약간의 여윳돈이 모아졌다.
아내의 작은 궤 속에 3루블이 있었고, 또 마을 사람들에게
받을 돈이 5루블 20코페이카가 있었다. 그래서 구두 수선
공은 아침부터 양가죽을 사기 위해 마을에 갈 채비를 했다.
그는 아침 식사를 마치자 내의 위에 솜을 두른 아내의 쿠르
투슈카(짧은 상의)를 입고 그 위에 카프탄(긴 외투)을 걸친
다음, 3루블짜리 지폐를 주머니에 넣고 나뭇가지를 잘라 지

팡이를 만들어 길을 떠났다.

그는 이렇게 생각했다. '마을 사람들에게 빌려준 5루블을 받고, 가지고 있는 3루블을 보태서 새 외투를 만들 양가죽을 사야지.'

마을에 도착하여 구두 수선공은 한 농부의 집을 찾아갔는데 주인이 집에 없었다. 그의 아내는 일주일 안으로 주인 편에 돈을 보내겠다고 약속하며 돈을 주지 않았다. 다른 집을 찾아갔으나 그 농부도 돈이 한 푼도 없다고 맹세하며 장화를 수선한 삯으로 20코페이카를 줄 뿐이었다. 구두 수선공은 가죽을 외상으로 사려고 했으나 가죽 장수는 외상을 주려고 하지 않았다.

"돈을 먼저 가져와요. 마음에 드는 것으로 얼마든지 줄 테니. 외상값 받기가 얼마나 어려운데요."

이렇게 구두 수선공은 아무런 성과도 없이 겨우 수선비로 20코페이카를 받고, 한 농부에게서 낡은 발렌끼(펠트로 만든 겨울용 장화)에 가죽을 대는 일을 맡았을 뿐이었다.

구두 수선공은 마음이 상하여 20코페이카를 몽땅 털어 술을 마셔 버리고 슈바도 없이 집으로 향했다. 아침엔 좀 추운 듯했는데 술을 한잔 마시고 나니 슈바가 없어도 따뜻했다. 구두 수선공은 한 손에 든 지팡이로 언 땅을 두드리고,

다른 손으론 털 장화를 흔들어 대며 혼잣말로 중얼거렸다.

"슈바가 없어도 따듯한걸. 술을 한잔하고 나니 온몸이 후끈 달아오르네. 툴루프(썰매 탈 때 입는 폭이 넓은 외투) 따위는 필요 없어. 나는 이런 사람이라고. 내가 어때서? 슈바 없이도 살 수 있어. 그런 건 평생 필요 없고말고. 그런데 마누라가 가만있지 않을 텐데. 정말 화가 나는군. 나는 성실히 일하는데 날 우롱하잖아. 두고 보자. 만약 돈을 가져오지 않으면 가만두지 않을 테니. 대체 이게 뭐야? 20코페이카를 주다니! 20코페이카로 뭘 할 수 있지? 술이나 한잔 마시면 그뿐인걸. 네 놈은 어렵다고 말하면서 나는 어렵지 않은 줄 알아. 너희들은 집도 있고 가축도 있고, 전부 가지고 살지만 나는 거지나 다름없잖아. 너희들은 직접 만든 빵을 먹고 살지만 나는 사서 먹어야 해. 어디에서 구하든 일주일에 3루블은 빵값으로 치러야 된다고. 집에 돌아갔을 때 빵이라도 떨어졌으면, 다시 1루블 반은 써야 해. 그러니 제발 너도 내 돈을 갚으란 말이야."

그렇게 구두 수선공은 길모퉁이의 예배당 근처까지 왔다. 이미 어두워지고 있었다. 그때 예배당 뒤에서 어떤 하얀 물체가 어른거려서 구두 수선공은 가만히 살펴보았지만 무엇인지 분별할 수가 없었다.

"여기에 저런 돌 같은 것은 없었는데. 가축인가? 짐승 같지는 않은데. 머리는 사람 같이 보이는데 사람치곤 너무 하얀 것 같고. 그리고 사람이라면 이런 곳에 있을 리가 없지."

구두 수선공은 좀 더 가까이 다가갔다. 그제야 확실하게 보였다. 이게 웬 이상한 일인가? 사람이 분명한데 죽었는지 살았는지 벌거숭이 알몸으로 예배당에 기대어 꼼짝도 않고 앉아 있었다. 갑자기 무서운 생각이 들었다.

"아마도 나쁜 놈들이 죽인 후에 옷을 벗기고 여기에다 버린 것이 틀림없어. 가까이 가면 나중에 무슨 변을 당할지도 모를 일이야."

그래서 그는 그 옆을 그냥 지나쳐 갔다. 예배당 모퉁이를 돌아서니 그 사나이가 보이지 않았다. 예배당을 지나 뒤를 돌아보니 사나이는 벽에서 떨어져 마치 무엇을 살피는 것처럼 움직이고 있었다. 구두 수선공은 더욱 겁이 나서 이런 생각이 들었다.

'가까이 가 볼까, 아니면 지나가 버릴까? 만일 가까이 갔다가 무슨 변을 당할지도 몰라. 저 사람이 누군지 어떻게 알아? 좋은 일로 이런 곳에 왔을 리가 없지. 곁에 다가갔다가 갑자기 달려들어 목을 조를지도 모르지. 나는 그렇게 붙잡혀 끝장날지도 몰라. 비록 목을 조르지 않더라도 결국은 귀찮은 일을 당할 게 뻔하지. 저 벌거숭이 사람을 어떻게 하지? 내가 입고 있는 것을 몽땅 벗어 줄 수도 없고. 아! 하나님 무사히 지나가게 하여 주소서!'

그렇게 구두 수선공은 걸음을 재촉했다. 예배당을 어느 정도 지났을 때 갑자기 양심의 소리가 들려오기 시작했다. 그래서 길 한가운데 멈춰 서서 중얼거렸다.

"세몬! 도대체 너는 뭐 하는 거야? 사람이 저렇게 죽어 가고 있는데, 너는 겁을 먹고 모르는 척 도망치려 하다니. 네가 대단한 부자라도 돼? 빼앗길까 봐 겁나는 거야? 그건 좋지 않은 짓이야, 세몬."

그리하여 구두 수선공은 발길을 돌려 그 사나이에게로 갔다.

2

구두 수선공이 사나이에게 다가가서 자세히 살펴보니 그는 젊은 사람으로 힘도 있어 보이고, 몸에도 아무런 상처도 없었다. 단지 추위 때문에 몸이 얼어서 몹시 겁을 먹고 있는 듯했다.

그는 기대어 앉은 채 너무 힘이 없어 고개를 들 수조차 없는 사람처럼 세몬 쪽을 보려고도 하지 않았다. 하지만 세몬이 좀 더 가까이 다가가자, 막 정신이 든 사람처럼 갑자기 고개를 들고 세몬을 바라보았다. 사나이의 눈을 보자 사나이에 대한 연민이 세몬의 마음에 일었다. 그래서 손에 들었던 발렌끼를 땅바닥에 던지고 허리띠를 풀어 발렌끼 위에 놓고는 카프탄을 벗었다.

"이러고 있으면 어떻게 되는 줄 알아! 빨리 이것을 입어요. 자아!"

세몬은 사나이를 부축하여 일으켰다. 사나이는 일어났다. 자세히 살펴보니 마르고 깨끗한 몸에 손과 다리에도 상처가 없었으며 온화해 보이는 얼굴이었다. 세몬은 그의 어깨에 카프탄을 걸쳐 주었으나 팔이 소매에 잘 끼워지지 않았다. 세몬은 소매를 끼워 주고 옷자락을 당겨 앞을 여민 후 허리띠를 매어 주었다.

세몬은 자기의 낡은 모자를 벗어 벌거숭이 사내에게 씌워 주려고 했으나 자신의 머리가 추웠다.

"나는 머리가 벗겨졌지만 이 젊은이는 긴 곱슬머리니까."
하고 다시 모자를 썼다.

"장화를 신겨 주는 편이 훨씬 낫겠군."

그래서 세몬은 젊은이를 앉히고 장화를 신겼다. 그리고 말했다.

"젊은이! 자, 몸을 움직여 근육을 따뜻하게 풀어 보게. 나머지 일은 알아서들 할 걸세. 걸을 수 있겠나?"

남자는 아무런 말없이 멀거니 서서 평화롭게 세몬을 쳐다보았다.

"왜 아무 말도 없는 거요? 이런 곳에서 겨울을 날 순 없지. 추우니 빨리 집으로 가야지. 자, 여기 내 지팡이가 있으니 힘들면 짚고 걸어요."

그러자 사나이는 걷기 시작했으며 뒤처지지 않고 가볍게 잘 걸었다. 두 사람이 걷기 시작했을 때 세몬이 말을 꺼냈다.

"자네는 대체 어디서 왔는가?"

"저는 이 고장 사람이 아닙니다."

"이 고장 사람들은 내가 다 알지. 그런데 왜 이런 곳까지 왔나? 교회 근처까지 말이야. 내게 말할 수 없겠나? 틀림없이 못된 놈들이 자네를 괴롭힌 게야!"

"아닙니다. 누구도 저를 해치지 않았습니다. 하나님께서 제게 벌을 주신 겁니다."

"물론 모든 게 하나님의 뜻이니까. 그래도 어디라도 들어가 좀 쉬어야 할 게 아닌가? 어디로 갈 건가?"

"저는 어디든 좋습니다."

세몬은 놀랐다. 젊은이는 불량한 사람 같아 보이지도 않고, 말씨도 공손한데 자신에 관해선 말하려 하지 않았다. 세몬은 마음속으로 생각했다.

'세상에는 말 못 할 사정도 있지.'

그리고 젊은이에게 말했다.

"그러면 우리 집으로 같이 가세? 몸을 좀 풀 수 있을 테니까."

세몬이 걸으니 이 낯선 젊은이도 처지지 않고 따라 걸었다. 찬 바람이 불어 세몬의 내의 속을 파고들자, 점점 술기운이 가시며 추위가 느껴지기 시작했다. 세몬은 코를 씰룩거리며 아내의 쿠르투슈카를 여미면서 생각했다.

'아니 어찌 된 일이란 말인가? 양가죽을 사러 갔다가 카프탄도 없이 벌거숭이 사나이까지 데리고 돌아가니. 마트료나가 좋아하지 않을 텐데.'

마트료나 생각을 하니 세몬의 마음은 답답했다. 그러나 사나이를 쳐다보고, 예배당 뒤에서 사나이를 보았을 때를 기억하자 마음이 유쾌해졌다.

3

세몬의 아내는 일찍 집안일을 마쳤다. 장작을 쪼개고, 물을 길어다 놓고, 아이들과 같이 저녁 식사를 끝내고 깊은 생각에 잠겼다. 빵을 언제 굽는 것이 좋을까? 저녁에 아니면 내일 아침에 구울까 하고 궁리하고 있었다. 아직 커다란 빵 조각이 남아 있었다.

"세몬이 밖에서 식사를 하고 오면 저녁은 많이 먹지 않겠지. 그러면 내일 아침은 이것으로 충분할 거야."

마트료나는 빵 조각을 이리저리 돌려보며 생각했다.

'오늘 저녁에는 빵을 굽지 않아도 되겠다. 밀가루도 조금밖에 없으니 이것으로 금요일까지 먹도록 하자.'

마트료나는 빵을 치우고 탁자 옆에 앉아 남편의 루바슈카(내의)에 헝겊을 덧대고 갑자기 깁기 시작했다. 그녀는 바느질을 하면서 남편이 어떤 가죽을 사 올 것인가 생각하고 있었다.

'양피 가게 주인에게 속아 넘어가지 말아야 할 텐데. 그이는 사람이 너무 좋아서 남은 속이지 못하면서 자기는 어린애한테도 속아 넘어갈 거야. 8루블이면 적은 돈이 아니니까 무두질이 잘된 가죽은 아니더라도 입을 만한 슈바를 만들 수 있겠지. 지난겨울에는 슈바가 없어서 얼마나 고생을 했는데. 냇가에도 못 나가고 아무 데도 못 나갔었지. 오늘도 그래. 그이가 옷이란 옷은 모두 입고 나가 버리니 정작 나는 입을 것이 없잖아. 올 때가 됐는데 혹시 그 돈으로 술타령을 하고 있는 것은 아닐까?'

마트료나가 그런 생각을 하고 있을 때, 현관의 계단이 삐걱거리면서 누군가가 들어왔다. 마트료나는 바늘을 옷감에 꽂아 놓고 입구로 나갔는데 두 사람이 들어오는 것이었다. 남편 곁에는 젊은 사나이가 발렌끼를 신고 모자도 없이 있었다.

마트료나는 남편이 술을 마셨다는 것을 금방 알아차렸다. '그렇지, 술을 마시고 왔군.'

남편을 보니 카프탄도 입지 않고 쿠르투슈카 차림에다 빈손으로 서 있었다. 마트료나는 화가 치밀어 올랐다.

'그 돈으로 몽땅 술을 마셔 버린 거야. 형편없는 이런 건달하고 잔뜩 술을 마시고 집에까지 끌고 왔군.'

마트료나는 두 사람을 안으로 들어오게 한 다음 뒤를 따라 들어가다가 이 마르고 낯선 젊은이가 입고 있는 카프탄이 바로 자신들의 것임을 알아차렸다. 카프탄 속에는 내의도 입고 있지 않았고 모자도 쓰고 있지 않았다. 방 안에 들어온 젊은 사나이는 앉지도 않고 그냥 선 채 고개를 떨구고 있었다. 그래서 마트료나는 무슨 나쁜 일을 저질러 겁을 먹고 있는 거라고 생각했다.

마트료나는 이맛살을 찌푸리며 난롯가에서 물러나 두 사람의 동정을 살폈다. 세몬은 모자를 벗고 아무렇지도 않다는 듯이 태연하게 의자에 걸터앉았다.

"자, 마트료나! 저녁 준비를 해야지."

마트료나는 혼자서 중얼거리며 난로 옆에 그대로 서 있었다. 그리고 두 사람을 번갈아 보며 눈치를 살폈다. 세몬은 부인이 화가 나 있음을 알고 있었지만 아무것도 할 수 없었다. 그래서 못 본 체하고 젊은 사나이의 손을 잡고 말했다.

"자, 앉아요. 저녁 식사를 해야지."

그러자 낯선 사나이는 의자에 앉았다.

"그래, 저녁 준비가 안 됐소?"

마트료나는 화가 치밀었다.

"준비는 했죠. 그러나 당신을 위해 준비한 건 아니에요. 모양새를 보니 당신은 그 돈으로 몽땅 술을 퍼마셨군요. 가죽을 사러 간다더니 카프탄도 없이 벌거숭이 부랑자까지 데리고 오다니. 당신들에게 줄 음식은 없어요."

"마트료나, 무슨 영문인지도 모르면서 함부로 말하지 말아요. 무슨 일이 있었는지 먼저 물어봐야지?"

"그럼, 돈은 어디 있는지 말해 봐요."

세몬은 카프탄에서 돈을 꺼내어 부인에게 펴 놓았다.

"돈은 여기 있어요. 하지만 도리포노프는 돈이 없다면서 내일 주겠다고 약속했어."

마트료나는 더욱 화가 났다. 이게 무슨 일인가? 사 오겠다던 가죽은 사 오지 않고 오히려 하나밖에 없는 카프탄을 낯선 남자에게 입혀 집에까지 데려온 것이다.

마트료나는 탁자 위에 놓인 돈을 들어 숨기며 말했다.

"저녁은 없어요. 모든 주정뱅이를 먹여 살릴 순 없어요."

"이봐 마트료나, 말조심해요. 무슨 말을 하는지 먼저 들어 봐야지."

"주정뱅이에게 듣는 것은 신물이 나요. 당신 같은 주정뱅이와 결혼하고 싶지 않았던 게 괜한 것이 아니었어요. 어머니가 주신 옷감도 술값으로 날려 버리더니 이제는 가죽을 사러 간다더니 그 돈도 술값으로 다 써 버렸군요."

세몬은 자기가 마신 것은 20코페이카밖에 안 되며, 어디서 이 젊은이를 만났는지 말하려고 했지만 마트료나는 말할 기회를 주지 않았고 10년 전의 일까지 들추어내어 퍼붓고 있었다.

마트료나는 계속 지껄이면서 세몬의 곁으로 달려들어 그의 옷소매를 붙잡았다.

"내놔요. 하나밖에 없는 내 쿠르투슈카를 뺏어 입고 염치도 좋지. 이리 주세요! 못난 인간 같으니라고. 차라리 죽어 버리는 게 낫지."

세몬이 옷을 벗으려 하는데 소매가 뒤집어졌다. 그때 마트료나가 옷을 잡아당겨 옷의 이음새가 부드득 터졌다. 마트료나는 옷을 빼앗아 머리에 걸치고 문 쪽으로 갔다. 그녀는 나가려고 하다가 발걸음을 멈췄다. 기분은 상하지만 남편이 데리고 온 사나이가 도대체 어떤 사람인지 알고 싶어진 것이다.

4

마트료나는 멈춰 서서 말했다.

"온전한 사람이라면 저렇게 알몸으로 다니지 않을 텐데, 내의도 입고 있지 않잖아요. 당신도 만약 좋은 일을 했다면 어디서 이 사나이를 데리고 왔는지 말을 했을 거예요."

"그 말을 하려던 참이었어. 내가 집으로 오는데 이 사람이 예배당 옆에 알몸으로 앉아서 거의 얼어 죽을 지경이더란 말이오. 여름도 아닌데 벌거숭이가 아니겠소. 정말 하나님이 나를 그곳으로 이끌지만 않았어도 큰 변을 당했을 거요. 살다 보면 무슨 일을 당할지 알 수 없잖소. 그래서 내 옷을 입히고 집에까지 데리고 왔지. 마트료나, 당신도 마음을 진정시켜요. 사람은 누구나 한 번은 죽는단 말이요."

마트료나는 실컷 욕설을 퍼붓고 싶었으나 낯선 젊은이를 쳐다보자 아무 말도 할 수 없었다. 사나이는 의자의 끝에 걸터앉아서 꼼짝도 않고 있었다. 두 손은 무릎 위에 포개고 고개를 가슴까지 떨어뜨리고 눈을 감은 채 마치 무엇에 목이 졸리듯 이마를 찌푸리고 있었다. 마트료나가 입을 다물었다. 세몬이 다시 말했다.

"마트료나, 당신에게는 하나님이 없단 말이오?"

마트료나는 이 말을 듣고 다시 젊은 사나이를 바라보았다. 그 순간 마트료나의 마음이 차츰 평온해졌다. 그녀는 문에서 떨어져 난로 옆으로 가서 저녁을 준비했다. 탁자 위에 잔을 놓고 크바스(곡물로 만든 청량음료)를 따르고 남은 빵을 내놓았다. 그리고 숟가락과 포크를 놓으며 말했다.

"자, 식사들 하세요."

세몬은 낯선 사나이를 식탁으로 데리고 갔다.

"앉아요."

세몬은 큰 빵 조각을 잘게 썬 다음 먹기 시작했다. 마트료나는 탁자 한쪽에서 한 손으로 턱을 괴고 낯선 젊은이를 바라보았다. 그러자 마트료나는 이 젊은이가 가엾어 보이면서 애정을 주고 싶은 마음이 생겼다. 그때 이 젊은이는 갑자기 일그러진 얼굴을 펴고 밝은 표정이 되어 마트료나 쪽을 바라보며 싱긋 웃었다. 식사를 마치자 마트료나는 그릇들을 치운 다음 그 낯선 젊은이에게 물었다.

"당신은 대체 어디서 왔어요?"

"저는 이 고장 사람이 아닙니다."

"그러면 어떻게 그런 곳에 있었죠?"

"그건 말할 수가 없습니다."

"누가 당신을 이 지경으로 만든 거예요?"

"저는 하나님께 벌을 받았습니다."

"그래서 벌거벗은 몸으로 쭈그리고 있었어요?"

"예. 벌거벗은 채로 쓰러져 얼어 죽을 뻔했지요. 그것을 세몬이 보고 불쌍히 여겨 입었던 카프탄을 벗어 입혀 주고 집으로 데리고 온 것이지요. 그리고 여기선 아주머니께서 먹을 것과 마실 것을 주셨습니다. 두 분에게는 하나님의 은총이 내릴 것입니다."

마트료나는 일어나 방금 기워 놓은 세몬의 낡은 내의를 창가에서 가져다가 낯선 젊은이에게 주었다. 또 바지도 찾아서 건네주었다.

"여기요, 내의도 없는 모양인데 이것을 입고 침대든지 아니면 페치카 위든지 아무 데나 마음에 드는 곳에서 주무세요."

젊은이는 카프탄을 벗고 내의와 바지를 입은 다음 침대에 누웠다. 마트료나는 불을 끄고 카프탄을 집어 남편 곁으로 갔다. 마트료나는 카프탄 끝자락을 덮고 눕긴 했으나 좀처럼 잠이 오지 않았다. 낯선 젊은이의 일이 머리에서 떠나지 않았다.

젊은이가 마지막 남은 빵을 먹어 버렸으니 내일 아침 먹을 빵이 없다는 것과 내의와 바지를 건네주었으니 아쉬울 것이라는 생각을 했다. 그러나 젊은이가 환하게 웃던 생각을 하자 가슴이 뿌듯해졌다. 마트료나는 오랫동안 잠을 이루지 못했다. 세몬도 잠을 자지 못하고 카프탄을 끌어당기고 있었다. 그때 마트료나가 말을 꺼냈다.

"세몬!"

"응."

"남은 빵을 다 먹어 버렸는데 내일 어떻게 하면 좋겠어요. 이웃 마나랴 집에서 좀 빌려 올까요?"

What Men Live By

Lev Nikolayevich Tolstoy

올재사 펴낸서 드그

‡ 필사 노트 : 20p (필사 구절 + 필사하는 칸)
‡ 자유 노트 : 100p

현재를 비추는 자성의 거울

 SODAM CLASSIC

하루 10분 필사로
나 자신을 돌아보는
성찰의 시간

젊은 오직 사람에 의해서 생겨나는 것이다.

인간이 그렇게 생각하는 것일 뿐,

아름다움 그 자체란 생각할 수 있거나 생각하는 것은

또는 사람이 사심이 없이 응시할 정성으로

나는 이제야 알았다.

사람은 무엇으로 사는가

사람은 무엇으로 사는가

예배당을 어느 정도 지났을 때 갑자기

양심의 소리가 들려오기 시작했다.

그래서 길 한가운데 멈춰 서서 중얼거렸다.

"세몬! 도대체 너는 뭐 하는 거야?

사람이 저렇게 죽어가고 있는데,

너는 겁을 먹고 모르는 척 도망치려 하다니.

네가 대단한 부자라도 돼? 빼앗길까 봐 겁나는 거야?

그건 좋지 않은 짓이야, 세몬."

그리하여 구두 수선공은 발길을 돌려

그 사나이에게로 갔다.

Lev Nikolayevich Tolstoy

사랑이 있는 곳에 신이 있다

내가 생각하기는 예수께서 이 세상 이곳저곳을

다니셨을 때 꺼리는 사람 없이 신분이 낮은 사람들을

오히려 따뜻하게 돌봐 주셨을 것이 분명해.

언제나 가난한 사람들을 찾아다니시고

우리 같이 죄 많은 노동자 중에서 제자들을 택하셨지.

마음이 교만한 자는 낮아지고,

자기를 낮추는 자는 도리어 높임을 받는다고

말씀하셨어.

Lev Nikolayevich Tolstoy

인간에게 얼마나 많은 땅이 필요한가

"우리 농부는 어릴 때부터 땅을 벗 삼아 살기 때문에

어리석은 생각은 안 하지요.

다만 아쉬운 것이 있다면

땅이 넉넉하지 못하다는 것이에요.

땅만 충분하다면 우리들은 두려울 것이 없어요.

악마나 다른 그 누구도 무서워할 것이 없어요."

땅만 있으면 악마 따위는 두려워할 것 없다고

큰소리치는 것을 악마는 참을 수가 없었다.

'좋아, 그렇다면 너와 내기를 해 보자.

네게 땅을 듬뿍 주지.

그리고 그 땅으로 너를 사로잡겠다.'

악마는 생각했다.

LEV NIKOLAYEVICH TOLSTOY

바보 이반

그 누구라도 찾아와 '우리들을 좀 돌봐 주십시오.' 하면

그는 이렇게 말한다.

"그렇게 하시오. 이곳에 와서 사시오.

여기는 무엇이든 많이 있으니까요."

그러나 이 나라에는 단 하나의 관습이 있다.

손에 못이 박인 자는 식탁에 앉을 수 있지만,

못이 박이지 않은 사람은

먹다 남은 음식을 먹어야 한다는 것이다.

Lev Nikolayevich Tolstoy

촛불

우리가 악을 악으로 대하려고 하면

그 악은 우리에게 되돌아오지.

사람을 죽이는 것은 쉽지만,

그 피는 자신의 영혼에 달라붙네.

사람을 죽인다는 것은

자신의 영혼을 피투성이로 만드는 일이야.

자신은 악한 인간을 죽였고 악을 뿌리 뽑았다고

생각하겠지만, 실은 더 큰 악을 자기 마음에

끌어들이는 결과가 되네.

재난은 참는 게 최선이야.

그러면 그 재난은 스스로 물러나게 마련이니까.

LEV NIKOLAYEVICH TOLSTOY

Lev Nikolayevich Tolstoy

사람에게는 얼마나 많은 땅이 필요한가!

밤에는 빛을,

촛불

예멜리얀과 북

예멜리얀은 북을 치면서 강가에까지 왔다.

군사들도 뒤를 따라왔다.

예멜리얀이 북을 두들겨 부숴서 강 속에 던져 버리자

군사들이 흩어져 달아나 버렸다.

그리고 예멜리얀은 아내를 데리고 집으로 돌아왔다.

Lev Nikolayevich Tolstoy

무엇 때문에

그녀는 정욕과 피를 가진 한 살아 있는 인간에게서

자신이 상상 속에 간직해 왔고 키워 왔던 것 중에는 없었던

많은 비속하고 시적이 아닌 여러 점들을 발견했다.

또한 그와 반대로

인간의 정욕과 피를 가진 사람이기 때문에

그런 추상적인 것 속에는 없었던

많은 소박하고 훌륭한 점들도

그에게서 발견했다.

LEV NIKOLAYEVICH TOLSTOY

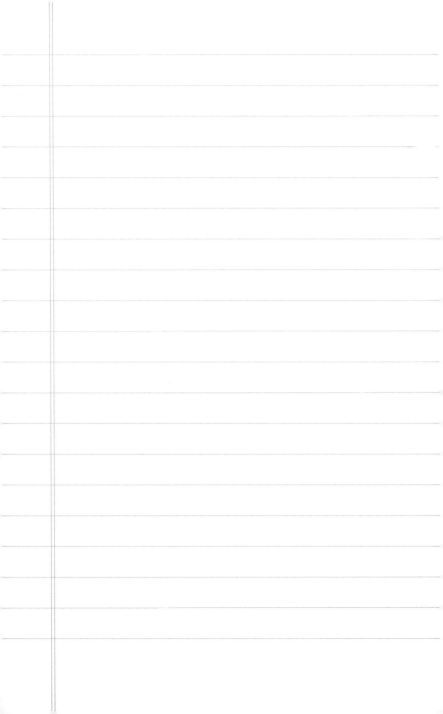

무엇 때문에

유죠도 나도, 단지 그가 태어난 그대로
그의 부모나 조부모가 살았던 것처럼 살고,
나는 오직 그와 함께 살며 그를 사랑하고
자식들을 사랑하며, 또 그들을 양육하며
살아가는 것 외에 어떤 것도 바라지 않는다.
그런데 남편은 조국에서 추방되어
이 고통을 당하고 있고,
나는 내게 있어서 태양보다 더 귀한 것을
빼앗기고 말았다.
왜?
무엇 때문에? 무엇 때문에?
그녀는 이런 물음을 사람들에게, 신에게 퍼부었다.

LEV NIKOLAYEVICH TOLSTOY

SODAM & TAEIL Publishing Co., Ltd

"어떻게든 살게 돼 있어. 굶기야 하겠어."

마트료나는 가만히 누워 생각에 잠겼다.

"나쁜 사람 같지는 않은데, 왜 자기에 관해선 말하지 않을까요?"

"글쎄, 그럴 사정이 있겠지."

"세몬!"

"응?"

"우리는 남에게 도움을 주는데 왜 아무도 우리를 도와주지 않지요?"

세몬은 무슨 말을 해야 할지 몰랐다.

'그런 생각 해 봐야 무슨 소용 있겠어.'

그는 돌아누워 잠이 들었다.

5

다음 날 아침 세몬은 잠에서 깼다. 아이들은 여전히 자고 있었고 마트료나는 이웃집으로 빵을 빌리러 갔다. 어젯밤의 그 낯선 젊은이는 낡은 셔츠와 내의를 입은 채 의자에 앉아 천장만 바라보고 있었다. 그의 얼굴은 어제보다 밝았다.

"어이! 젊은이, 배는 먹을 것을 원하고 몸은 입을 것이 있어야 하니 벌이를 해야 하지 않겠나. 자네는 무슨 일을 할 줄 아나?"

"저는 아무 일도 할 줄 모릅니다."

세몬은 깜짝 놀라 말했다.

"마음만 있으면 사람은 무엇이든 배울 수 있지."

"모두들 일하니까 저도 하겠습니다."

"자네를 어떻게 부르지?"

"미하일입니다."

"음, 미하일. 자네가 자기 자신에 관해 말하기 싫어하는 것은 아무래도 좋네. 그러나 자기 몫은 해야 돼. 내가 시키는 대로 일을 하겠다면 밥을 먹여 주겠네. 괜찮은가?"

"감사합니다. 열심히 일을 익히겠습니다. 무슨 일이든 가르쳐 주십시오."

세몬은 실을 손가락에 감아 실 꾸러미를 만들기 시작했다.

"별로 어려운 건 아니야. 잘 보라고."

미하일은 그것을 들여다보더니 바로 익혀 손가락에 감아 실을 꼬았다.

세몬은 그에게 양털을 삶는 법을 가르쳤다. 미하일은 이 역시 금방 익혔다. 그리고 주인은 바늘에 뻣뻣한 실을 끼우는 법과 꿰매는 방법을 가르쳤다. 미하일은 이것도 이내 익혔다. 세몬이 어떤 일을 가르쳐도 즉시 터득하여 사흘째 되던 날부터 마치 평생 꿰매는 일을 한 사람처럼 능숙하게 일했다.

그는 몸을 아끼지 않고 일했고 음식도 조금밖에 먹지 않았다. 한가할 때는 조용히 위를 바라보았다. 밖으로 나가지도 않았고 쓸데없는 말과 농담을 하지도 않았으며 웃지도 않았다. 미하일이 웃은 것은 첫날 마트료나가 그를 위해 저녁 준비를 했을 때뿐이었다.

6

날이 가고, 일주일이 지나고, 일 년이란 세월이 흘렀다. 미하일은 여전히 세몬의 집에서 일하며 살았다. 세몬의 직공 미하일만큼 튼튼하고 멋진 구두를 만드는 사람이 없다는 명성이 퍼지자 이웃 마을에서까지 주문이 밀려들어 세몬의 수입은 점점 늘어갔다.

어느 겨울날, 세몬이 미하일과 함께 일을 하고 있는데 요란하게 방울 소리를 내며 집 앞에 삼두마차가 멈췄다. 창문으로 내다보니 마차가 집 앞에 멈추고, 젊은 사람이 마부석에서 뛰어내려 마차의 문을 열었다. 그러자 슈바를 입은 점잖은 신사가 마차에서 내리더니 세몬의 집 현관으로 들어왔다. 마트료나가 달려 나가 문을 활짝 열었다. 신사는 허리를 구부리고 들어와 다시 허리를 폈는데, 머리가 천장에 닿고 온 방이 그의 몸으로 꽉 들어찰 정도였다.

세몬은 일어나 인사를 했으나 신사의 큰 몸집에 놀라지 않을 수 없었다. 이제까지 이런 사람을 본 적이 없었다. 세몬은 몸이 마른 편이었고 미하일 역시 깡마른 체격이었다. 마트료나도 마치 마른 나뭇가지처럼 말랐는데, 이 신사는 딴 세상에서 온 사람처럼 얼굴은 붉고 윤기가 돌며 목은 황소처럼 굵은 것이 마치 몸 전체가 무쇠로 만들어진 것 같았다.

신사는 크게 숨을 내쉬더니 슈바를 벗은 후 의자에 앉아서 말했다.

"이 가게 주인이 누군가?"

세몬이 나서며 말했다.

"네, 제가 주인입니다. 손님."

그러자 신사는 큰 소리로 하인에게 말했다.

"페지카, 그 물건을 이리 가져와!"

젊은이가 달려가서 꾸러미를 가지고 왔다. 신사는 그것을 받아 탁자 위에 놓고 "풀어라." 하고 젊은이에게 명령했다.

젊은이가 보따리를 풀었다.

신사는 물건을 손가락으로 찌르며 세몬에게 말했다.

"주인, 이게 대체 어떤 물건인 줄 알겠나?"

"네, 알겠습니다."

"이봐, 이 가죽을 정말 안단 말인가?"

세몬이 가죽을 만져 보고 대답했다.

"좋은 물건입니다."

"그야 물론 좋은 가죽이지. 자네 같은 친구는 한 번도 보지 못했을걸. 독일제 가죽인데 20루블이나 주었다고."

세몬은 겁먹은 표정으로 대답했다.

"저 같은 놈이 어디서 이런 물건을 구경하겠습니까요."

"그야 그렇겠지. 그러면 이 가죽으로 내 발에 꼭 맞는 장화를 지을 수 있겠나?"

"네, 지을 수 있고말고요."

신사는 갑자기 큰 소리를 질렀다.

"지을 수 있다고! 자네는 먼저 누구의 장화를 만드는지, 어떤 가죽으로 만드는지 똑똑히 알아야 해. 나는 일 년을 신어도 상하지 않고 모양도 일그러지지 않는 장화를 원한단 말이야. 그러니까 자신이 있으면 재단을 하고 그렇지 않으면 아예 손을 안 대는 것이 좋아. 미리 말해 두지만, 만일 장화가 일 년이 못 되어 일그러지거나 파손되는 날이면 자네는 감옥신세를 면치 못할 줄 알아. 그렇지만 일 년이 지나도 이상이 없으면 수공비로 10루블을 지불하겠다."

세몬은 잔뜩 겁이 나서 무슨 말을 해야 할지 몰라 미하일 쪽을 돌아보았다. 그리고 미하일의 옆구리를 찌르면서 속삭였다.

"이봐 미하일, 어떡하지?"

미하일은 그 일을 맡으라는 시늉으로 고개를 끄덕였다. 세몬은 미하일의 말대로 신사의 주문을 받아들여 일 년을 신어도 일그러지지 않고, 상하지도 않는 구두를 만들기로 하였다. 신사는 하인을 불러 왼발의 신을 벗기게 하고 다리를 쑥 내밀었다.

"치수를 재게!"

세몬은 10베르쇼크(1베르쇼크=약4.445cm) 정도 길이의 종이를 재봉하여 펴고 무릎을 꿇고 신사의 양말을 더럽히지 않도록 앞치마에 손을 깨끗이 닦은 다음 치수를 재기 시작했다. 세몬은 발바닥을 재고 이어 발등을 잰 다음 종아리를 재려고 했으나 종이의 양 끝이 닿지 않았다. 신사의 종아리는 통나무만큼 굵었기 때문이었다.

"잘해. 종아리가 꼭 끼지 않게 주의해!"

세몬은 다른 종이를 덧붙였다. 신사는 앉아서 양말 속의 발가락을 움직이면서 주위를 둘러보다가 미하일을 보았다.

"저 사람은 누구인가?"

"저 사람은 우리 가게의 뛰어난 직공으로 나으리의 신을 짓게 될 사람입니다."

신사는 미하일을 향해 말했다.

"분명히 기억하게. 일 년 동안은 탈이 나지 않는 구두를 만들어야 해."

세몬도 미하일을 돌아보았다. 그런데 미하일은 신사의 얼굴은 보지도 않고 그 뒤의 한구석을 바라보고 있었다. 마치 누군가를 유심히 살피는 표정이었다. 미하일은 한참 동안을 그렇게 보다가 갑자기 빙그레 웃으면서 얼굴이 환하게 밝아졌다.

"이봐, 왜 싱글거리고 있어, 바보처럼. 기한 내에 구두를 만들 수 있도록 정신 차려."

그러자 미하일이 대답했다.

"네, 기한 내에 만들어 놓겠습니다."

"그럼, 그래야지."

신사는 장화를 신고 슈바를 걸친 후 출구 쪽으로 걸어갔다. 문을 나갈 때 허리를 굽히지 않아서 문의 윗중방에 머리를 부딪혔다. 신사는 욕설을 퍼붓더니 이마를 문지르며 마차를 타고 떠났다. 신사가 나가자 세몬이 말했다.

"정말 굉장해. 저 정도면 도끼로도 죽이지 못할걸. 그렇게 세게 이마를 부딪쳤는데도 별로 아프지 않은 표정이던걸."

그러자 마트료나가 말했다.

"사는 게 호사스러운데 어떻게 체격인들 나쁘겠어요. 저렇게 튼튼한 사람에게는 죽음도 피해 갈 걸요."

7

세몬이 미하일에게 말했다.

"일을 맡기는 했으나 걱정이야. 나쁜 일이 생기지 말아야할 텐데. 가죽은 비싸고 손님의 성깔이 사나워서 실수라도 하면 큰일이야. 이봐, 자네는 눈도 밝고 솜씨도 좋으니까 이치수대로 재단을 하게. 나는 면피面皮를 꿰매겠네."

미하일은 시키는 대로 신사가 가져온 가죽을 탁자 위에 펴놓고 가위를 가지고 재단하기 시작했다.

마트료나는 미하일 곁으로 다가가 재단하는 것을 보고 깜짝 놀랐다. 마트료나도 이제는 구두 만드는 일에는 상당히 익숙해 있는데, 미하일은 신사가 주문한 모양과 다르게 가죽을 둥글게 재단하는 것이었다.

마트료나는 말할까 하다가 다시 생각했다.

'내기 그분의 장화를 어떻게 만들어야 한다는 얘기를 잘못 알아들었는지도 몰라. 미하일이 나보다 더 잘 알고 있겠지. 괜히 참견하지 말자.'

미하일은 재단을 마치고 꿰매기 시작했는데 그것은 장화를 만들 때 꿰매는 두 겹 실이 아니고, 가벼운 슬리퍼를 만들 때 사용하는 한 겹 실로 꿰매고 있는 것이었다.

마트료나는 그것을 보고 다시 한번 놀랐으나 역시 아무 말도 하지 않았고 미하일은 열심히 꿰매고 있었다. 점심시간이 되자 세몬이 일어나 미하일 쪽을 보니 그 가죽으로 슬리퍼를 만들고 있었다. 세몬은 너무 놀라서 크게 소리를 질렀다.

'아니, 이게 웬일이란 말인가? 미하일은 우리 집에서 1년을 같이 있으면서 한 번도 실수한 적이 없었는데, 하필이면 이럴 때 엄청난 실수를 하는 거야? 손님은 굽이 있는 장화를 주문했는데 미하일은 슬리퍼를 만들어 버렸으니 가죽마저 못 쓰게 됐지 않아. 그 손님에게 어떻게 변명을 할까? 이비싼 가죽은 구할 수도 없는데.'

그래서 미하일에게 말했다.

"이보게, 이 무슨 짓인가? 나를 죽일 작정인가? 장화를 주문했는데 자네는 도대체 무엇을 만들어 놓았는가?"

세몬이 미하일에게 막 꾸중을 하려고 있는데 바깥문의 고리 소리가 나더니 누군가가 문을 두드렸다. 두 사람이 창문으로 내다보니 누가 말을 타고 와서 말을 매고 있었다. 조금 전에 그 신사와 함께 왔던 젊은 하인이었다.

"안녕하시오?"

"예, 어서 오십시오. 무슨 일로?"

"조금 전에 주문했던 장화 때문에 마님의 심부름을 왔지요."

"장화 때문에요?"

"장화가 이제는 필요 없게 되었어요. 나으리가 갑자기 돌아가셨어요."

"뭐라고요?"

"이곳을 나와 댁으로 돌아가시는 중에 마차에서 돌아가셨습니다. 마차가 집에 도착하여 내려 드리려고 보니 나으리 몸이 굳어 있지 않겠습니까? 마차에서 가까스로 끌어내렸지요. 그래서 마님은 저를 되돌려 보내면서 방금 나으리가 주문하셨던 장화는 이제 필요 없으니 그 가죽으로 죽은 사람에게 신기는 슬리퍼를 만들어 오라고 말씀하셨습니다. 그래서 이렇게 왔습니다."

미하일은 탁자 위에서 남은 가죽을 챙기고 다 된 슬리퍼를 툭툭 털어 앞치마로 잘 닦아 하인에게 건네주었다. 하인은 슬리퍼를 받고 돌아갔다.

"안녕히 계십시오."

8

다시 1년이 지나고, 2년이 지나자 미하일이 세몬의 집에 온 지도 6년째로 접어들고 있었다. 그래도 여전히 처음이나 다름없이 어디를 가는 일도 없고 쓸데없는 말을 하는 적도 없었다. 그동안 그가 웃었던 적은 단 두 번 있었는데 처음은 마트료나가 저녁 식사를 대접해 주었을 때 서로 얼굴을 마주치는 순간이었고, 또 한 번은 장화를 주문하러 왔던 신사를 보았을 때였다. 세몬은 자기 직공에 만족하고 있었고 더 이상 어디서 왔느냐 미하일에게 묻지 않았다. 단지 미하일이 떠나 버릴까 봐 걱정하고 있을 뿐이었다.

하루는 온 식구가 함께 모여 앉아 있었다. 마트료나는 냄비를 화덕에 올려놓고, 아이들은 의자 주의를 뛰어다니며 창밖을 내다보기도 했다. 세몬은 창가에서 열심히 구두를 꿰매고, 미하일은 다른 창가에서 구두 뒤꿈치를 만들고 있었다.

그때 사내아이가 의자를 넘어 미하일에게 다가와서 그의 어깨를 흔들며 창밖을 내다보았다.

"미하일 아저씨, 저것 좀 보세요. 어떤 아주머니가 여자아이들을 데리고 우리 집으로 오는 것 같아요. 한 아이는 절름발이야!"

사내아이가 말하자 미하일은 하던 일을 멈추고 몸을 돌려 창밖을 내다보았다.

세몬도 미하일의 태도에 놀랐다. 여태까지 밖을 내다보는 일이 없었는데 오늘따라 창에 얼굴을 바짝 붙이고 무엇을 정신없이 바라보고 있었다.

세몬도 창밖을 내다보았다. 말끔하게 차려입은 한 여자가 슈바를 입고 두꺼운 목도리를 한 여자아이의 손을 잡고서 정말로 자기 집을 향해 오고 있었다. 두 여자아이는 얼굴이 너무나 닮아 구별할 수가 없었으나 한 아이가 다리를 조금 절룩거렸다.

부인은 층계를 올라와 문을 열고 두 여자아이를 먼저 들여보내고 자기도 따라 방으로 들어왔다.

"안녕하세요!"

"어서 오십시오. 무슨 일로 오셨죠?"

여인은 탁자 옆에 앉았다. 두 여자아이는 그녀의 무릎에 바짝 달라붙었는데 사람을 낯설어하는 듯했다.

"이 아이들에게 봄에 신길 구두를 맞추려고 합니다."

"아, 그래요. 우리는 그렇게 작은 구두를 만들어 본 적이 없지만 할 수는 있어요. 가장자리에 무늬를 넣을 수도 있고 안에 천을 댈 수도 있는데 어떤 걸로 할까요? 우리 미하일의 솜씨가 매우 훌륭하답니다."

그렇게 말하며 세몬이 미하일을 돌아보니 미하일은 일을 멈추고 두 여자아이의 얼굴에서 눈을 떼지 못하고 있었다.

세몬은 이러한 미하일의 태도에 또 한 번 깜짝 놀랐다. 사실 두 아이들은 예뻤다. 눈은 새까맣고 두 뺨은 포동포동하고 불그스레했으며, 아이들이 입은 슈바와 목에 두른 목도리도 훌륭했다. 그래도 세몬은 미하일이 무슨 까닭으로 저렇게 아이들을 바라보고 있는지 도저히 이해할 수가 없었다. 마치 오래전부터 알고 지낸 친구를 만난 것처럼 말이다.

세몬은 이상하게 생각하면서도 돌아서서 부인과 대화를 나누었다. 곧 값을 정하고 아이들의 발 치수를 재려고 하였다. 부인은 다리가 불편한 아이를 무릎에 올려놓으면서 말했다.

"이 아이의 발로 두 사람의 치수를 재세요. 불편한 발을 먼저 재서 한 짝을 만들고 다른 쪽의 발 치수로 똑같이 세 짝을 만들면 돼요. 둘은 쌍둥이기 때문에 발 치수가 같거든요."

세몬은 치수를 잰 다음 한쪽 다리가 불편한 아이를 가리키며 말했다.

"어쩌다가 이렇게 되었습니까? 아주 귀여운 아이인데. 태어날 때부터 이랬던가요?"

"아닙니다. 어머니가 잘못해서 그만."

이때 마트료나가 끼어들었다. 어디에 사는 누구인지 알고 싶었던 것이다.

"그럼 부인은 이 아이들의 친어머니가 아니신가요?"

"나는 친어머니도 누구도 아니에요. 아무런 관계도 없지만 내가 맡아서 기르고 있어요."

"그런데도 이렇게 귀여워하시네요."

"어떻게 정이 안 들겠어요! 내가 두 아이에게 젖을 먹여 키웠는데……. 내 아이도 있었지만 하나님께서 데려가셨지요. 죽은 내 아이는 별로 불쌍하지 않았는데 이 아이들은 정말 가여워요."

"그러면 이 아이들은 뉘 집 자식들입니까?"

9

이 부인은 다음과 같은 이야기를 들려주었다.

"6년 전의 일인데, 이 두 아이는 태어난 지 일주일도 못 되어 고아가 돼 버렸습니다. 아버지는 태어나기 사흘 전에 죽고 어머니는 아이들을 낳은 후 죽었어요. 나와 남편은 이웃에서 농사를 짓고 살았는데 이 아이들의 부모와는 서로 가족처럼 지냈지요. 이 애들 아버지는 숲속에서 혼자 일을 했는데 하루는 큰 나무가 넘어지면서 나무가 허리를 때려 쓰러지지 않았겠어요. 집으로 간신히 옮겨왔지만 곧 이 세상을 떠나버렸어요. 그런데 그의 아내는 며칠 후에 쌍둥이를 낳았지요. 이 아이들이 바로 그들의 자식이에요. 그러나 몹시 가난한 데다 돌보아 주는 친척도 없이 혼자서 아기를 낳고는 홀로 죽어 간 거예요.

다음 날 아침에 그 집을 찾아가 보니 가엾게도 벌써 몸이 식어 있었어요. 그리고 숨이 넘어가는 순간 한 아이를 덮쳐서 한쪽 다리를 못 쓰게 만들었어요. 마을 사람들이 모여서 시체를 목욕시키고 옷을 입히고 관을 만들어 장례를 치렀지요. 모두들 친절한 사람들이지요. 그래서 갓 태어난 아이들만 남게 되었는데 돌보는 것이 문제였어요. 그곳에 모인 여자들 중에 젖을 먹일 여자는 저뿐이었어요. 저는 그때 태어난 지 8주밖에 안 된 첫아들에게 젖을 주고 있었죠. 그래서 제가 일단 두 여자아이를 맡기로 하고 집으로 데리고 왔어요. 그다음에 마을 사람들이 모여 '이 아이들을 앞으로 어떻게 하면 좋겠는가?' 하고 여러 가지로 의논했지만 별다른 좋은 방법이 없어 결국 저에게 부탁을 하더군요. '마리아 아주머니, 이 아이들을 얼마 동안만 맡아 줘요. 그러면 우리가 다른 대책을 세워 볼 테니까.'

그래서 저는 온전한 아이에게만 젖을 먹였습니다. 다리가 불편한 아이에게는 아예 젖을 줄 생각도 안 했지요. 제 생각으로는 그런 상태에서 잘 자랄 수 없을 거라고 생각했기 때문이었지요. 그러다가 갑자기 불쌍한 생각이 들어 같이 젖을 주게 되었어요. 그래서 저는 제 아이와 두 여자아이, 이렇게 세 아이를 한꺼번에 젖을 먹여 키웠어요. 제가 젊고 아직 기운이 넘치고 음식도 잘 먹었기 때문에 가능한 일이었죠. 두 아이에게 함께 젖을 물리고 한 아이가 젖을 놓으면 기다리는 아이에게 젖을 주는 식으로 번갈아 젖을 주며 키웠어요.

그런데 하나님의 돌보심으로 이 두 아이는 아주 건강하게 자라났으나, 제 아이는 2년째 되던 해에 그만 죽고 말았어요. 그 뒤로는 아이를 낳지 못했어요. 그 후 살림 형편이 차츰 나아졌고, 남편은 이곳에서 어떤 상인의 방앗간을 맡아보고 있습니다. 급료도 넉넉해서 사는데 풍족하지만 아이가 없잖아요. 만일 이 두 아이들이 없었다면 저 혼자서 얼마나 외롭고 적적했겠어요. 제가 어떻게 이 아이들을 사랑하지 않을 수 있겠어요. 제게 이 아이들은 촛불과도 같아요."

부인은 한 손으로 다리가 불편한 아이를 끌어안고 한 손으로는 흐르는 눈물을 닦았다.

마트료나는 한숨을 내쉬며 말했다.

"아이는 부모 없이는 자랄 수 있어도, 하나님 없이는 살아가지 못한다고 하더니 정말 그런가 봐요."

세 사람이 이런 이야기를 하고 난 후 여자가 가려고 일어났다. 주인 내외는 여자를 배웅하면서 미하일이 앉아 있는 쪽을 돌아보았다. 미하일은 단정히 앉아 두 손을 무릎 위에 가지런히 놓고 하늘을 바라보면서 빙긋 웃고 있었다.

10

세몬이 그에게 다가갔다. 미하일은 의자에서 일어나 일감을 탁자 위에 올려놓고 앞치마를 벗으며 주인 내외에게 공손히 인사를 하면서 말했다.

"용서하십시오. 하나님께서 저를 용서해 주셨으니 두 분께서도 용서해 주십시오."

미하일로부터 눈부신 후광이 비치고 있었다. 세몬이 일어나 미하일에게 절을 하며 말했다.

"미하일, 자네는 보통 인간이 아닌 것 같군. 자네를 붙잡을 수도 없고 이것저것 물어볼 수도 없네. 그러나 꼭 한 가지만은 알고 싶네. 내가 자네를 처음 만나 집으로 데리고 왔을 때에는 몹시 어두운 표정을 하고 있었는데, 내 아내가 저녁상을 차렸을 때 자네는 빙긋 웃으며 그 이후로 밝은 표정으로 변했었지. 또 신사가 장화를 주문했을 때도 자네는 웃었고 그 후로 표정이 더욱 밝아졌지. 그리고 이번에는 저 부인이 여자아이들을 데리고 왔을 때에도 똑같이 빙그레 웃었네. 그리고 온몸에서 밝은 빛이 비쳤네. 미하일, 어째서 자네에게서 빛이 나며, 왜 세 번을 웃었는지 그 이유를 말해 주게나."

그러자 미하일은 말했다.

"제 몸에서 빛이 나는 것은 다름이 아니오라 저는 지금까지 하나님의 벌을 받고 있었는데 오늘에야 용서를 받았기 때문입니다. 또 세 번 웃었던 것은 하나님께서 말씀하신 세 가지 진리를 알았기 때문입니다. 첫 번째 말씀은 아주머니께서 저를 가련하다고 느껴 보살펴 줄 마음이 생겼을 때 깨달았고, 두 번째 말씀은 부유한 손님이 장화를 주문했을 때에 깨달았으며, 지금 이 아이를 보았을 때 마지막 세 번째 말씀의 뜻을 알게 되어 다시 웃었던 것입니다."

세몬은 다시 물었다.

"미하일, 어째서 하나님이 자네에게 벌을 내리셨는가? 그리고 하나님의 세 가지 말씀의 진의는 대체 무엇이었는가?"

그러자 미하일은 대답했다.

"제가 하나님께 벌을 받은 것은 명령에 따르지 않았기 때문입니다. 저는 원래 천사였는데 하나님의 분부를 어겼습니다. 어느 날 하나님은 제게 한 부인의 영혼을 빼앗아 오라는 명령을 내리셨습니다. 그래서 제가 인간 세상에 내려와 그 부인을 보니 방금 쌍둥이 딸을 낳아 몸이 아주 쇠약해서 누워 있었습니다. 갓난아이는 어머니 곁에서 움직이고 있었으나, 어머니는 그 아이들을 끌어안고 젖 먹일 힘도 없었습니다.

그때 제 모습을 발견하고 부인은 하나님이 자기를 데리고 갈 사자를 보내신 줄 알고 슬프게 흐느끼며 말했습니다. '천사님! 제 남편은 숲속에서 혼자 일하다가 나무에 깔려 며칠 전에 장례를 치렀습니다. 저는 형제도 없고, 큰어머니도, 또 할머니도 없기 때문에 갓난아이를 돌볼 사람조차 없습니다. 제발 제 영혼을 불러 가지 마세요.' 저는 그 부인의 애원을 듣고 한 아이는 어머니 젖을 물려 주고, 다른 아이는 어머니 팔에 안겨 준 다음에 하늘나라로 돌아갔습니다.

그리고 하나님께 말씀을 드렸습니다. '하나님! 저는 부인의 영혼을 빼앗아 올 수가 없었습니다. 남편은 숲속에서 나무에 깔려 목숨을 잃었고, 그의 아내는 쌍둥이 아이를 낳고 제발 자기 영혼을 가져가지 말고 아이들을 제힘으로 키우게 해 달라고 애원하며 부모 없는 아이들은 살지 못한다고 합니다. 그래서 저는 부인의 영혼을 거두어 오지 못했습니다.' 그러자 하나님께서 다시 분부하셨습니다. '지금 곧 내려가 부인의 영혼을 거두어라. 그러면 세 가지 말의 뜻을 알게 될 것이다. 즉 인간의 내부에는 무엇이 있는가? 인간에게 허락되지 않는 것이 무엇인가? 사람은 무엇으로 사는가? 이 세 가지를 알게 되는 날에 너는 하늘나라로 돌아올 수 있을 것이다.' 그래서 저는 세상으로 다시 내려와 그 부인의 영혼을 데려갔습니다.

쌍둥이 아이는 어머니 품에서 떨어져 있었으나 영혼이 떠나는 순간 시신屍身이 침상에서 떨어지면서 한 아이를 덮쳐 한쪽 다리를 못 쓰게 만들었습니다. 저는 그 마을을 떠나 하늘로 올라가 그 부인의 영혼을 하나님께 바치려고 했는데, 갑자기 돌풍이 일어 저의 두 날개를 부러뜨렸습니다. 그래서 그 부인의 영혼만 하나님 곁으로 올라가고 저는 지상으로 떨어졌던 것입니다."

11

세몬과 마트료나는 자기들이 먹이고 입혀 주었던 사람이 누구이며, 함께 살면서 지내 온 사람이 누구인지를 알고서 두려움과 기쁨으로 눈물을 흘렸다.

천사는 다시 말을 했다.

"저는 벌거벗긴 채 홀로 버려졌습니다. 저는 그때까지 인간 생활의 괴로움도 모르고, 추위나 굶주림도 모른 채 인간이 되었습니다. 배가 몹시 고팠고 몸은 얼어 어떻게 해야 할지를 몰랐습니다. 그때 들판에 하나님을 섬기는 예배당이 있는 것을 보고 거기에 은신하려고 그곳으로 다가갔습니다. 그러나 예배당의 문이 잠겨 있어서 안으로 들어가지 못하고 바람을 피해 예배당 뒤쪽에 앉아 있었습니다. 배고픔은 더욱 심해지고 몸은 차츰 얼어붙어 저는 완전히 병이 들어 버렸습니다.

그때 문득 사람의 발소리가 들려왔는데 한 사람이 장화를 들고 제가 있는 쪽으로 오면서 혼자 무어라고 중얼거렸습니다.

저는 인간이 되어서 처음으로 언젠가는 반드시 죽어야 할 인간의 얼굴을 보았습니다. 저는 그의 얼굴을 바로 보는 게 두려워 얼굴을 돌렸습니다. 사나이의 중얼거리는 소리를 들어 보니 이 추운 겨울을 어떻게 날 것인가? 어떻게 처자식들을 먹여 살려야 할 것인가? 걱정하고 있습니다. 그때 저는 생각했습니다. '나는 지금 추위와 굶주림 때문에 죽어 가고 있다. 마침 사람이 오고 있으나 그는 자기와 아내의 슈바를 어떻게 마련하며 무슨 방법으로 살아가야 하나 걱정이 태산 같으니 이 사람은 나를 도와줄 능력이 없다.'

그 사람은 저를 보았으나 이마를 찡그리고 더욱 무서운 모습으로 내 옆을 그대로 지나갔습니다. 저는 실망스러웠습니다. 그런데 갑자기 사나이가 발걸음을 멈추고 뒤돌아서서 제게로 오는 소리가 들렸습니다. 제가 다시 그 얼굴을 쳐다보았을 때에는 방금 지나가던 사람의 얼굴이 아니었습니다. 조금 전까지만 해도 죽을상을 하고 있었는데 지금은 뜻밖에도 밝은 얼굴에 인자하신 하나님의 그림자가 어리어 있는 것입니다. 그는 제 곁으로 다가와 입고 있던 옷을 벗어 입혀 주고 자기 집으로 데리고 갔습니다.

그 사람의 집에 도착하니 한 여인이 우리에게 말을 퍼부어 대는 것이었습니다. 그 여인은 사나이보다 훨씬 더 무서운 얼굴이었습니다. 그 입에서 죽음의 독기가 뿜어져 나와 저는 그 입김에 제대로 숨을 쉴 수가 없었습니다. 그녀는 저를 추운 바깥으로 쫓아내려고 했습니다. 만일 그대로 저를 쫓아낸다면 그녀가 죽을 것이라는 것을 저는 알고 있었습니다. 그러나 남편이 갑자기 하나님에 대해 이야기를 하자 여인은 금세 마음을 바꾸었습니다. 여인이 우리를 위해 저녁상을 차렸을 때 그녀는 저를 쳐다보았습니다.

그때 그녀의 얼굴에는 죽음의 그늘이 사라지고, 생기에 찬 밝은 표정이었습니다. 저는 거기서 하나님의 모습을 보았습니다. 그리고 저는 '인간 안에 무엇이 있는지를 알게 될 것이다.'라고 하신 하나님의 첫 번째 말씀의 뜻을 깨닫게 되었습니다. 저는 인간 안에 있는 것은 사랑임을 깨달았습니다. '하나님께서 저에게 약속하신 일을 이런 방법으로 계시啓示하시는구나.' 하고 생각하니 더할 나위 없이 기뻤던 것입니다. 그래서 처음으로 웃었습니다. 그러나 아직 하나님의 말씀 전부를 알 수는 없었습니다. '인간에게 허락되지 않는 것이 무엇인가?', '사람은 무엇으로 사는가?'라는 말씀을 모르고 있었습니다."

천사는 다시 말을 계속했다.

"여러분과 함께 지낸 지 1년이 되었습니다. 그러던 어느 날 한 사람이 가게에 나타나 1년을 신어도 상하거나 일그러지지 않는 장화를 주문했습니다. 제가 문득 그 사람을 바라보았더니 뜻밖에도 그 사람의 등 뒤에 제 동료인 죽음의 천사가 서 있는 것이었습니다. 아무도 그 천사를 볼 수 없었으나 저는 그 천사를 알고 있었습니다. 그의 영혼은 해가 지기 전에 떠날 것을 알았으므로 저는 생각했습니다. '이 사나이는 1년을 신어도 일그러지지 않는 신을 주문하지만, 자기가 오늘 안으로 죽는다는 것을 알지 못하는구나.' 그래서 저는 '인간에게 허락되지 않는 것이 무엇인가?'라는 하나님의 두 번째 말씀의 뜻을 알게 되었습니다.

'인간 안에 무엇이 있는가?'는 이미 알았습니다. 그리고 저는 인간에게 허락되지 않는 것이 무엇인지 깨달았습니다. 그것은 자기 육체에 무엇이 필요한가를 아는 지식입니다. 그래서 저는 두 번째로 웃었습니다. 동료 천사를 만난 일도 기뻤고 하나님께서 두 번째 말씀의 깨달음을 주신 것 또한 기뻤습니다.

그러나 아직 한 가지를 알지 못했습니다. '사람은 무엇으로 사는가?'를 깨닫지 못한 것입니다. 그래서 저는 계속 여러분의 신세를 지면서 하나님께서 마지막 말씀의 의미를 깨닫게 해 주시기를 기다리고 있었습니다. 그런데 6년째 되던 오늘 쌍둥이 여자아이를 키우는 여인이 가게를 찾아와 그 아이들을 보는 순간, 어머니가 죽은 후에도 두 쌍둥이가 무사히 살아가고 있다는 것을 비로소 알았습니다.

저는 생각했습니다. '그 어머니가 갓난아이들을 생각해서 살려 달라고 애원했을 때 나는 그 말을 믿고 아이들은 부모가 없이는 살아가지 못한다고 생각했지만 다른 여자가 엄연히 쌍둥이를 잘 키우고 있지 않는가?' 그리고 그 부인이 아이들의 성장에 보람을 느껴 감동하는 눈물을 보였을 때 거기서 살아 계신 하나님을 발견했으며 '사람은 무엇으로 사는가?'라는 말씀도 깨닫게 되었습니다. 하나님께서 마지막 깨달음을 주시어 저를 용서하셨다는 기쁨에 세 번째로 웃은 것입니다."

12

그러자 천사의 모습이 드러나면서 전신이 빛으로 둘러싸여 눈을 뜨고 똑바로 볼 수가 없었다. 천사는 커다란 음성으로 말하기 시작했다. 그것은 그가 말하는 것이 아니라 하늘에서 울려오는 소리 같았다.

"모든 인간은 자신을 살피는 마음으로 살아가는 것이 아니라 사랑으로 살아간다는 것을 나는 깨달았다.

아이들을 낳고 죽어 가던 어머니에게는 자기 아이들의 생명을 위해 무엇이 필요한지를 아는 것이 허락되지 않았다. 또 부자 손님은 자기에게 무엇이 필요한지를 알지 못했다. 어떤 사람도 산 사람을 위한 장화가 필요한지 아니면 저녁에 죽을 자를 위한 슬리퍼가 필요한지에 대해 아는 것이 허락되지 않는다. 내가 인간이었을 때에 살아갈 수 있었던 것은 나 자신의 일을 여러 가지로 걱정하고 염려했기 때문이 아니라 길을 가던 한 사람과 그 아내에게 사랑이 있어 나를 불쌍히 여기고 사랑해 주었기 때문이다. 또 두 고아가 잘 자란 것도 그들의 생활을 염려해 주고 걱정했기 때문이 아니라, 타인인 한 여인에게 진실한 사랑이 있어 그 아이들을 동정하고 사랑해 주었기 때문이다. 모든 인간이 살아가고 있는 것은 각기 자신의 일을 염려하기 때문이 아니라 그들 안에 사랑이 있기 때문이다.

이전부터 하나님께서 인간에게 생명을 부여하고 그들이 잘 살아가기를 바라고 있다는 것을 알고 있었지만, 지금 나는 또 다른 것을 알게 되었다. 하나님께서는 인간이 각자 흩어져 무관하게 살아가는 것을 원치 않으신다는 것이다. 그러므로 개개의 인간에게 무엇이 필요한가를 보여 주지 아니하시고, 인간들이 하나가 되어 살아가는 것을 원하시며, 자신과 모든 인간을 위해 무엇이 필요한가를 계시한 것이다.

사람은 자신의 일을 걱정하고 애씀으로 살아간다고 생각하지만, 실은 오직 사랑에 의해서 살아간다는 것을 나는 이제야 깨달았다. 사랑 속에 사는 사람은 하나님의 세계에 살고 있으며 하나님은 바로 그 사람 안에 계신다. 왜냐하면 하나님은 사랑이시기 때문이다."

그리고 천사는 하나님을 찬양하는 노래를 부르기 시작했다. 그러자 그 웅장한 목소리로 인하여 온 집 안이 울리는 것 같았다. 그리고 천장이 갈라지고 땅에서 하늘까지 한 줄기 불기둥이 솟았다. 세몬과 그의 아내, 아이들 모두는 바닥에 엎드렸다. 그러자 미하일의 등에 날개가 돋아나서 활짝 펼쳐지더니 하늘로 올라갔다.

세몬이 정신을 차렸을 때에는 집은 전과 다름없었고, 집 안에는 가족 이외에는 아무도 없었다.

사랑이 있는 곳에 신이 있다

✝

어느 도시에 마틴 아브제이치라는 제화공製靴工이 살고 있었다. 그는 창문이 하나밖에 없는 지하 방에 살고 있었고 그 창문은 길 쪽으로 나 있어서 창을 통해 사람들이 오가는 모습이 보였다.

구두만 보아도 마틴은 그가 누구인지 알 수 있었다. 그만큼 마틴은 한 곳에 오래 살았기 때문에 아는 사람이 많았던 것이다. 이 거리에서 구두 일로 마틴의 집을 한두 번 들르지 않은 사람이 거의 없을 정도였다. 구두 밑창을 갈거나 터진 데를 꿰매거나 또는 새로운 가죽을 대는 경우도 있었고 그래서 지나가는 사람들 중에서 자기가 수선해 준 신을 보는 경우가 많았다.

일감은 많았다. 마틴은 워낙 성실했고, 재료도 좋은 것을 사용하면서 수공비도 저렴했으며, 약속은 틀림없이 지켰기 때문이다. 그는 손님이 원하는 날짜에 맞춰 줄 수 있는 일만 주문을 받고 불가능한 일은 경솔하게 받지 않았으며 솔직하게 처음부터 말했다. 이런 마틴을 모두 알고 있었기 때문에 그에게는 일이 끊이지 않았다.

마틴 아브제이치는 그저 순박한 사람이었으나 나이가 들면서 자신의 영적 생활에 정성을 쏟고 더욱 신에게로 가까이 가고 있었다. 그가 아직 주인 밑에서 일하고 있을 때 마틴의 아내가 세상을 떠나고 세 살 된 어린 아들이 하나 있을 뿐이었다. 그들 부부에게는 어찌 된 일인지 위의 아이들이 모두 죽어 버렸다. 마틴은 그의 아들을 처음에는 시골에 사는 누님에게 부탁하려 했으나 어린 카비토슈카를 남에게 맡긴다는 것이 측은하게 생각되어 자기가 데리고 살기로 마음을 고쳐먹었다.

마틴은 마침내 주인을 떠나 독립했고 아들과 함께 셋방살이를 했다. 그런데 하나님은 아브제이치에게 아이와 함께 살 수 있는 행복을 주시지 않았다. 어린 카비토슈카가 제법 자라서 아버지의 잔심부름도 하게 되고 이제 생활도 안정될 무렵 병으로 앓아눕더니 한 일주일 정도 심한 고열로 아프다 끝내 죽어 버렸다.

마틴은 아들의 장례를 치른 후 절망감에 빠져 버렸다. 슬픔이 너무나 커서 하나님마저 원망하게 되었다. 너무도 비통하여 차라리 자기를 죽게 해 달라고 하나님께 매달린 적도 한두 번이 아니었다. 왜 하나님은 늙은 자기보다 귀엽고 어린 아들을 먼저 데려갔느냐고 계속 원망하고 있었다. 물론

교회에도 나가지 않았다.

그러던 어느 날 트로이차에서 같은 고향 마을의 노인이 마틴을 찾아왔다. 이 노인은 벌써 7년째 성지 순례를 하는 중이었다. 마틴은 이 노인과 세상 돌아가는 이야기를 하다가 자기 신세에 대한 한탄을 늘어놓기 시작했다.

"나는 살고 싶지 않아. 오직 죽기만을 하나님께 빌고 있다네. 이제 아무런 희망도 없는 인간이 되어 버렸으니."

그때 노인이 말했다.

"그렇게 말하지 말게, 마틴. 우리가 하나님의 일에 대해 옳다 그르다 비판할 수는 없어. 우리의 머리로 결정되는 것이 아니라 하나님의 뜻에 따라 결정되는 것이니까. 자네 아들은 죽어야 했고, 자네는 살아야 한다는 것이 하나님의 뜻이네. 그것 때문에 절망하는 것은 자네 자신의 기쁨만을 생각하기 때문이야."

"그럼 무엇 때문에 산다는 거지?"

노인은 대답했다.

"하나님을 위해 살아야 하네. 하나님께서 생명을 주시니 하나님을 위해 살아야 되지 않겠나? 하나님을 위해 살게 되면 아무런 걱정이 없고 모든 일이 편안하게 생각된다네."

마틴은 잠시 동안 조용히 있다가 다시 말을 했다.

"하나님을 위해 산다는 것이 어떻게 사는 것인데?"

그러자 노인이 말했다.

"어떻게 사는 것이 하나님을 위해 사는 것이냐 하는 것은 예수께서 보여 주셨지. 자네, 글 읽을 줄 알지? 성경을 사서 읽어 보게나. 그러면 하나님을 위해 산다는 것이 무엇인지 알 수 있을 걸세. 거기에 다 쓰여 있으니까."

이 말이 마틴의 마음을 움직여 그날 바로 굵은 활자로 찍힌 신약 성경을 사다가 읽기 시작했다. 처음에는 축제일에만 읽을 생각을 했으나 한번 읽기 시작하니 완전히 매료되어 매일 읽게 되었다. 어떤 때는 읽는 것에 너무나 열중하여 램프의 기름이 닳았는데도 성경에서 눈을 떼지 못했다. 이렇게 마틴은 저녁마다 성경을 읽게 되었고, 읽으면 읽을수록 하나님께서 자신에게 무엇을 원하시는지, 하나님을 위해 어떻게 살아야 되는지를 분명히 알게 되어 마음은 점점 더 가벼워졌다.

전에는 잠자리에 들어도 한숨이 나오고 계속 카비토슈카의 일이 기억나곤 했었는데 이제는 "오! 하나님! 감사하옵니다! 감사하옵니다! 모든 일을 당신의 뜻에 맡기오니 주관하여 주시옵소서!" 하고 기도할 뿐이었다. 그때부터 마틴의 생활은 놀라울 정도로 달라졌다. 예전에는 축제일이 오면 하릴없이 돌아다니며 술집에 들러 차를 마시거나 보드카도 사양하지 않았었다. 친구들과 술을 마시고 나면 취하지 않았는데도 술집을 나와선 괜히 쓸데없는 말로 소리를 지르거나 호통을 치기도 했었다.

그러나 이제 그런 일은 없어졌으며, 그의 삶은 조용하고 기쁨으로 가득했다. 아침부터 열심히 일을 했으며, 일이 끝난 다음에는 테이블 위에 램프를 올려놓고 벽장에서 성경을 꺼내서 읽었다. 이렇게 성경을 읽으면 읽을수록 그 뜻을 점점 더 이해하게 되었고 마음이 분명하고 밝아졌다.

한번은 밤늦게까지 열심히 성경을 읽고 있었다. 마침 누가복음 6장을 읽고 있었는데 거기에는 이러한 글이 적혀 있었다.

'누가 뺨을 치거든 뺨마저 돌려 대 주고, 네 겉옷을 빼앗는 자에게 속옷도 내어 주어라. 달라는 사람에겐 주고 네 것을 가져간 사람에게는 되받으려고 하지 말라. 너희가 남에게 대접받고자 하는 대로 너희도 남을 대접하라.'

그는 계속 다음 구절을 읽어 내려갔다.

'너희는 나를 주여, 주여! 부르면서 어찌하여 내가 말하는 것을 행하지 아니하느냐. 내게 와서 내 말을 듣고 그대로 행하는 자가 누구와 같은지 너희에게 보여 주리라. 그는 마치 땅을 깊이 파고 반석 위에 기초를 놓고 집을 지은 사람과 같으니 홍수가 나서 물살이 그 집을 들이치더라도 그 집은 무너지지 않는다. 잘 지은 집이기 때문이다. 그러나 내 말을 듣고도 행치 아니하는 자는 기초 없이 땅 위에 집을 지은 사람과 같으니 물살이 들이치면 곧 집이 무너져 파괴됨이 심하니라.'

이 구절을 읽은 마틴은 마음속에 큰 기쁨을 느꼈다. 안경을 벗어 책 위에 내려놓고 테이블에 팔꿈치를 괴고 골똘히 생각했다. 그리고 자신의 삶을 방금 읽었던 말씀에 견주어 보며 혼자 생각했다.

'내 집은 어떨까? 반석 위에 세워졌는가? 모래 위에 세워졌는가? 반석 위에 있다면 좋을 텐데! 이처럼 가벼운 마음으로 혼자 있으면 어떠한 일도 하나님의 명령에 순종하여 지시대로 행할 것 같은데, 그만 어쩌다 죄를 저지르게 되니. 그래도 열심히 살아야지. 아, 참 좋다. 하나님, 도와주소서!'

마틴은 그렇게 생각하고는 잠자리에 들려고 했으나 좀처럼 성경책을 놓을 수가 없었다. 그래서 다시 7장을 읽었다. 어떤 백부장百夫長에 대한 부분, 어느 과부의 아들에 대한 이야기, 세례 요한의 두 제자에게 대답한 대목, 그리고 부유한 바리새인이 예수를 자기 집에 초청한 부분까지 읽은 후

죄인인 한 여자가 예수의 발에 향유를 붓고 눈물을 흘리며 그 발에 입을 맞추니 예수께서 그 죄를 용서하셨다는 이야기도 읽었다. 이렇게 44절까지 이르러 다시 읽기 시작했다.

'여자를 돌아보시며 시몬에게 말씀하시되 이 여인을 보아라. 내가 네 집에 들어왔을 때 너는 내게 발 씻을 물도 주지 않았지만 이 여인은 눈물로 내 발을 적시고, 머리카락으로 닦았다. 너는 내게 입 맞추지 아니하였으나 이 여인은 내가 들어올 때부터 끊임없이 내 발에 입 맞추었다. 너는 내 머리에 향유도 붓지 아니하였으나 이 여인은 내 발에 향유를 부었느니라.'

이 구절을 읽고는 다음 구절을 다시 떠올렸다.

'발 씻을 물도 주지 않고, 입 맞추지 않고, 머리에 향유도 붓지 않았다.'

마틴은 다시 안경을 벗어 책 위에 내려놓고 또 생각에 잠기었다.

'아무래도 내가 그 바리새인과 같았어. 오직 나 자신만을 생각하고 있었어. 차를 마시고 싶은 것이나 따뜻한 옷을 입고 싶다는 욕망은 자신만을 위한 생각이지, 손님을 위한 배려는 전혀 없었던 거야. 그렇다면 손님은 누구지? 분명히 하나님이실 거야. 만일 하나님께서 오신다면 과연 내가 그렇게 할까?'

마틴은 두 손으로 턱을 괴고 이런 생각에 빠져 있다가 어느새 잠이 들어 버렸다.

"마틴!"

갑자기 어떤 숨결이 귓가에 느껴졌다.

마틴은 잠이 덜 깬 모습으로 어리둥절해하며 일어났다.

"거기 누구요?"

고개를 돌려 문 쪽을 보았으나 아무도 없었다. 다시 엎드리려는데 갑자기 또렷한 목소리가 들려왔다.

"마틴, 마틴아! 내일 창 너머로 한길을 내다보아라. 내가 이곳에 올 테니."

마틴은 자리에서 일어나 눈을 비볐다. 그 목소리를 꿈결에 들었는지 생시에 들었는지 종잡을 수가 없었다. 그래서 램프를 끄고 잠자리에 들었다.

다음 날 마틴은 날이 밝기 전에 일어나 하나님께 기도를 드리고 난로에 불을 피워 양배춧국과 보리죽을 끓이고, 찻주전자를 준비하고 앞치마를 두른 다음 창가에 앉아 일을 시작했다. 마틴은 일을 하면서도 어젯밤 일을 곰곰이 생각하고 있었다. 그런 소리가 들린 것처럼 착각하고 있다는 생각도 들었고, 한편으로는 실제로 그 음성을 들었다는 생각도 들었다. '뭐, 이런 일은 종종 있잖아.'

마틴은 창가에 앉아서 일을 하기보다는 창 너머 한길을 내다보는 때가 많았다. 처음 본 구두를 신고 지나가는 사람이 있으면 몸을 굽혀 밖을 내다보면서 구두만이 아니라 얼굴까지 보려고 애썼다. 새로 맞춘 발렌끼(펠트로 만든 겨울용 장화)를 신은 저택 관리인이 지나가는가 하면 지게를 진 일꾼도 지나갔다.

잠시 후에 여러 곳을 꿰맨 낡은 발렌끼를 신은 니콜라이 1세 때의 늙은 병사가 삽을 들고 창 있는 곳으로 다가왔다. 마틴은 발렌끼를 보고 곧 그 사람이라는 것을 알았다. 이 늙은 병사는 스체파니치라고 불렀는데 옆집 상인이 인정상 데리고 있었다. 그의 일은 저택 관리인을 도와주는 것이었다. 스체파니치는 마틴의 창 너머에서 길에 쌓인 눈을 치우고 있었다. 한참을 바라보고 있다가 마틴은 다시 일을 시작했다.

"나도 이제 늙어서 노망이 들었나 보군."

마틴은 혼자서 웃었다.

"스체파니치가 눈을 치우고 있는데 나는 예수님이 나타나는 게 아닌가 하고 생각하고 있으니 말이야. 멍청한 늙은이 같으니."

그러나 몇 바늘 꿰매고 나자 마틴은 다시 창밖으로 마음이 끌리었다. 창밖을 내다보니 스체파니치는 삽을 벽에 기대

놓고는 쉬는 듯, 햇볕을 쬐는 듯 있었다.

이제는 늙어서 눈을 치우기에도 힘이 부치는 것 같았다.

'저 사람에게 따뜻한 차를 대접할까? 마침 주전자의 물도 끓고 있으니.'라고 생각하고 바늘을 꽂은 후 일어서서 주전자를 테이블에 올려놓고 차를 따른 다음 유리창을 두드렸다. 스체파니치는 돌아서서 창가로 왔다. 마틴은 손짓을 하면서 문을 열었다.

"추운데 안으로 들어와 몸을 녹이지."

"정말 고맙소. 온 뼈마디가 아프군."

스체파니치는 대답했다. 스테파니치는 들어오면서 눈을 털었다. 바닥에 자국이 남지 않도록 장화에 묻은 눈을 닦고 있는 중에도 그는 추위에 덜덜 떨고 있었다.

"닦지 않아도 돼. 나중에 내가 닦을 테니. 어서 들어와 앉게나. 자, 여기 차나 마시게."

마틴은 두 개의 잔에 차를 붓고 하나를 그에게 건네주고, 자기도 찻잔을 들어 '후후' 불며 마시기 시작했다. 스체파니치는 차를 마신 후 잔을 엎어놓고 그 위에 씹고 남은 설탕 조각을 올려놓은 다음 잘 마셨다는 인사를 했다. 그러나 차를 더 마시고 싶은 표정이었다.

"한 잔 더 마시게."

마틴은 자기 잔과 그의 잔에 다시 차를 따랐다. 마틴은 차를 마시면서도 눈길은 시종 길 쪽으로 쏠리고 있었다.

"마틴, 누구를 기다리고 있소?"

"누굴 기다리느냐고? 글쎄, 누굴 기다리는지 부끄러워 말을 못 하겠는데. 기다리는 것 같기도 하고 아닌 것 같기도 하고. 어떤 말이 마음에 남아 있어서. 꿈인지 아니면 생시인지 나도 잘 모르겠어. 내가 어젯밤에 성경을 읽었다네. 예수가 얼마나 고생하고, 어떻게 세상 곳곳을 다녔는지에 대한 이야기 말이야. 자네도 들은 적이 있겠지?"

"들은 적은 있지만 우리야 배우지 못해서 글을 읽을 줄 모르잖는가?"

"나는 예수가 세상 곳곳을 돌아다니시던 이야기를 읽었다네. 그리고 예수께서 바리새인의 집에 들르셨는데 바리새인은 대접을 소홀하게 했다는 대목도 읽었지. 그런데 나는 어젯밤에 그 대목을 읽고 깊은 생각에 잠겼네. 어떻게 예수를 대접하지 않을 수 있을까. 그러나 혹시 나에게 또는 다른 누구에게 찾아오셨다면 어떻게 대접했을지 모른단 말이야. 그러나 그 바리새인은 충분한 대접을 못 했어! 이런 일을 생각하면서 깜박 졸았지. 그때 내 이름을 부르는 소리가 들리지 않겠나. 몸을 세우니 누군가가 분명한 음성으로 '기다려라.

내일 내가 갈 테니.'라고 속삭이지 않겠어. 그것도 두 번이나 반복해서 말했다고. 그 말이 머리에 새겨져 아무리 나 자신을 꾸짖어도 예수님의 방문이 기다려지는구면."

스체파니치는 그 말을 듣고 고개를 저을 뿐 아무런 대꾸도 없이 차를 마시고 잔을 옆으로 눕혀 놓았다. 하지만 마틴은 다시 잔을 세우고 차를 가득 채웠다.

"자, 한 잔 더 하고 힘을 내게! 내가 생각하기는 예수께서 이 세상 이곳저곳을 다니셨을 때 꺼리는 사람 없이 신분이 낮은 사람들을 오히려 따뜻하게 돌봐 주셨을 것이 분명해. 언제나 가난한 사람들을 찾아다니시고 우리 같이 죄 많은 노동자 중에서 제자들을 택하셨지. 마음이 교만한 자는 낮아지고, 자기를 낮추는 자는 도리어 높임을 받는다고 말씀하셨어. '너희들은 나를 주님이라고 부르지만 나는 너희들의 발을 닦아 주겠다. 우두머리가 되고자 하는 자는 섬기는 자가 돼라.'고 말씀하셨네. 마음이 가난하고 겸손하며 온정을 베푸는 자야말로 행복할 것이기 때문이라고 말씀하고 계시네."

스체파니치는 차 마시는 것도 잊은 채 가만히 앉아 듣고 있었는데 그의 양 볼에는 눈물이 흐르고 있었다.

"차 한 잔만 더 하고 가게."

그러나 스체파니치는 가슴에 성호를 긋고 감사하다는 말

을 한 다음 잔을 밀어 놓고 일어섰다.

"참으로 고맙소, 마틴 아브제이치. 정말 잘 마셨고, 자네 덕분에 몸도 마음도 따뜻해졌소."

"자주 찾아오게. 나는 사람들이 찾아오는 것이 무척 기쁘다네."

스체파니치는 구두 가게를 나섰다. 마틴은 남은 차를 따라 마시고 잔을 치운 다음 창가에 앉아서 다시 구두 뒤축을 깁기 시작했다. 일을 하면서도 역시 창밖을 내다보고 예수님의 방문을 고대하며 예수님이 하신 일, 예수님의 일에 대해서만 생각하고 있었다. 그의 머릿속은 예수님의 여러 말씀들로 가득 차 사라지지 않았다.

두 병사가 길을 지나갔다. 한 명은 군화를, 다른 한 명은 자신이 만든 장화를 신고 있었다. 그들 뒤로 이웃집 주인이 잘 닦인 방한용 덧신을 신고 지나가고, 그 뒤로 빵집 사람이 바구니를 들고 지나쳐 갔다. 모두들 지나가고 여자 한 명이 털실로 짠 긴 양말에 낡은 신을 신고 창가로 걸어왔다. 그리고 창을 지나서 창에 가까운 벽에 멈춰 섰다. 마틴이 창 위로 올려다보니 다른 마을 사람인지 초라한 옷차림에 갓난아이까지 데리고 있었다. 그녀는 바람을 등지고 벽에 서서 아이를 감싸려고 했지만 여름옷을 입은 데다 그것조차도 낡아서 아이를 감싸 줄 아무것도 없었다. 마틴이 방에서 들어보니 아이가 계속 울고 있었다. 그녀는 아이를 달래려고 애썼지만 아이는 울음을 그치지 않았다. 마틴은 일어나서 문을 열고 층계로 나가 큰 소리로 불렀다.

"아주머니! 아주머니!"

여자는 그 소리를 듣고 뒤돌아보았다.

"이 추운 날씨에 왜 아이를 데리고 거기 서 있어요? 괜찮으니 어서 들어오세요. 방 안이 따뜻하니 아이 달래기도 좋을 거요. 빨리 들어오세요!"

여자는 깜짝 놀라는 표정을 지었다. 웬 앞치마를 두른 안경 낀 노인이 자기를 부르고 있지 않은가! 여자는 노인을 따라갔다. 층계를 내려가 방에 들어서자 노인은 여자를 침대 쪽으로 안내했다.

"자, 이쪽으로, 난로 가까이 앉으시오. 몸을 좀 녹이고 아이에게 젖을 줘요."

"아침부터 아무것도 먹지를 못해서 젖이 나오지 않아요."

마틴은 가여운 듯 고개를 저으며 테이블로 가서 그릇과 빵을 꺼내고 난로 뚜껑을 열고 수프를 꺼내 그릇에 담았다. 보리죽이 담긴 항아리를 꺼냈으나 아직 죽이 덜 되었다. 그래서 수프만 따라 식탁 위에 놓았다. 그리고 빵을 내놓은 다음 걸려 있는 수건을 가져다 식탁 위에 놓았다.

"자, 여기 앉아 잡수세요. 아이는 내가 안고 있을게요. 나도 전에는 내 아이들을 키워 봐서 볼 줄 알아요."

여자는 성호를 긋고 음식을 먹기 시작했다. 마틴은 아이가 있는 침상에 걸터앉아 열심히 아이를 달래려고 했으나 입에서 소리가 잘 나오지 않았다. 이가 다 빠지고 없었기 때문이었다. 아이는 계속 울어 댔다. 마틴은 아이 입가에 손가락을 대고 이리저리 얼렀다. 손에 역청이 검게 묻어 있었기 때문에 손이 아이의 입에 들어가지 않도록 조심했다. 여자는 식사를 하면서 자기가 누구며 어디서 왔는지 이야기를 늘어놓았다.

"애 아빠는 군인으로 8개월 전에 어디론가 멀리 떠나서 그 후론 소식이 없어요. 저는 할 수 없이 남의 집 식모로 들어갔으나 얼마 되지 않아 이 아이를 낳았지요. 아이 때문에 그곳에서 더 이상 일할 수 없다고 하여 벌써 3개월째 떠돌아다니고 있습니다. 할 수 없이 입던 옷까지 다 팔아서 겨우겨우 살아왔는데, 이제는 유모로라도 들어가고 싶은데 몸이 너무 말라서 안 된다는 거예요. 지금 어느 상인의 부인을 만나고 오는 길이에요. 그 집에 제가 아는 여자가 일하고 있는데 저를 써 주겠다고 약속했거든요. 그래서 저는 일할 수 있는 걸로 알고 찾아갔더니 다음 주에 다시 오라는군요. 그런데 그 집이 얼마나 먼지 거기를 갔다 오니 저도 쓰러질 지경이고 이 아이도 여간 지쳐 있지 않아요. 고맙게도 지금 살고 있는 집주인 아주머니께서 하나님의 은총으로 우리 모자를 가엾게 여겨 주시니 망정이지. 만일 그렇지 않다면 어떻게 살아갈지 모를 일이에요."

마틴은 한숨을 내쉬면서 말했다.

"그래 겨울옷 한 벌이 없어요?"

"따뜻한 옷을 입어야 할 철이 되었지만 어제 마지막 남은 목도리를 20코페이카에 저당 잡힌 형편이에요."

그녀는 침대로 돌아와 아이를 안았다. 마틴도 일어나 벽쪽으로 가서 한참 동안 무엇인가를 찾더니 낡은 남자용 반외투를 들고 왔다.

"자, 받아요. 낡기는 했지만 아기를 감쌀 수는 있을 거요."

여자는 낡은 외투와 노인을 번갈아 보다가 그만 울음을 터뜨렸다. 마틴은 돌아서서 침상 밑으로 들어가 작은 트렁크를 꺼내 놓고 그 안을 뒤졌다. 그리고 다시 여자 앞에 앉았다.

여자가 말했다.

"할아버지, 고맙습니다. 하나님께서 은총을 내려 주실 겁니다. 아무래도 주님께서 저를 할아버지가 계신 창가로 보내신 것 같아요. 그렇지 않았다면 이 아이는 분명 얼어 죽었을 거예요. 집을 나설 때는 따뜻했었는데 갑자기 추워지더군요. 주님께서 할아버지를 창가에 앉게 하시어 우리 모자의 딱한 사정을 보도록 하신 게 틀림없어요."

마틴은 즐겁게 웃으며 말했다.

"듣고 보니 정말 주님께서 그렇게 하신 것 같군요. 사실 단순한 이유로 내가 창밖을 내다보고 있었던 것은 아니었다오."

마틴은 병사의 아내에게 자신의 꿈 이야기와 주님께서 목소리를 통하여 오늘 자기에게로 오시겠다고 약속한 일을 들려주었다.

"그것은 우리를 살려 주시겠다는 하나님의 은총이 아닐는지요."

여자는 일어나 낡은 외투를 걸치고 그 속에 아이를 감싸 안고 마틴에게 다시 감사의 인사를 했다.

"자, 여기. 그리스도의 사랑으로 드리니 받으시고 목도리를 찾도록 해요."

마틴은 여자에게 20코페이카를 주었다.

여자는 성호를 그었다. 마틴도 성호를 긋고 그녀를 입구까지 배웅했다. 여자가 나가자 마틴은 간단히 수프를 먹고 치운 다음 다시 일을 시작했다.

그러나 일을 하면서도 창밖을 내다보는 것을 잊지 않았다. 창문에 그늘이 비치면 누가 지나가나 보는 것이었다. 아는 사람도 지나가고 모르는 사람도 지나갔으나 특별한 사람은 없었다.

그러다 문득 바라보니 창문 맞은편에 장사하는 어떤 할머니가 서 있었다. 그 할머니가 든 바구니에는 사과가 담겨 있었는데 사과가 얼마 안 남은 것을 보아서 거의 다 판 모양이었다. 대신 나무 부스러기가 든 자루를 어깨에 메고 있었다. 아마도 어느 공사장에서 주워 집으로 가지고 돌아가는 모양이었다. 자루가 한쪽 어깨를 너무 누르는지 그녀는 다른 쪽 어깨로 바꾸어 메려고 자루를 한길에 내려놓고 사과 바구니를 기둥에 걸어 놓은 채 자루 속의 나무 부스러기를 부피가 줄도록 흔들기 시작했다.

할머니가 아직 부대를 흔들고 있는데 어디서 나타났는지 찢어진 모자를 쓴 사내아이가 갑자기 튀어나와 바구니에서 사과 한 개를 집어 들고 도망치려고 했다. 그러나 할머니는 재빨리 알아차리고 곧 돌아서서 아이의 소매를 붙잡았다. 사내아이는 발버둥을 치며 할머니 손에서 빠져나가려고 했으나 할머니는 두 손으로 꼭 붙잡고 모자를 벗기더니 머리카락을 움켜잡았다. 사내아이는 마구 소리치고 할머니는 욕설을 퍼부었다.

마틴은 바늘을 찔러 놓을 겨를도 없이 마룻바닥에 팽개치고 문으로 달려갔다. 뛰어가다가 계단에서 걸려 안경을 떨어뜨렸다. 마틴이 한길로 뛰쳐나갔을 때 할머니는 그 아이의 들쑤셔 놓은 듯한 지저분한 머리를 잡아당기고 욕을 퍼부으며 경찰서로 데리고 가려 했고, 사내아이는 빠져나가려고 날뛰면서 거짓말로 위기를 모면하려고 했다.

"나는 훔치지 않았어요. 왜 때리는 거예요. 이거 놔요."

마틴은 그들을 떼어 놓으며 사내아이의 손을 잡고 말했다.

"할머니, 주님의 사랑으로 이 아이를 용서하시고 놓아주십시오."

"용서라니요! 다시는 못된 짓을 못 하게 경찰서로 데려가서 혼을 내 주어야 해."

마틴은 할머니를 설득하기 시작했다.

"놓아주십시오. 두 번 다시 안 그러겠지요. 그리스도의 은혜로 놓아주세요."

할머니는 손을 놓았고 사내아이가 그대로 도망치려고 하는 것을 마틴이 붙잡아 세우고 말했다.

"할머니께 사과를 해라. 이제 다시는 나쁜 짓을 해서는 안 된다. 네가 사과를 훔치는 것을 내가 다 보았다."

사내아이는 눈물을 흘리면서 잘못을 빌었다.

"그래, 이제 됐다. 사과 받아라."

마틴은 바구니에서 사과를 꺼내어 사내아이에게 주었다.

"할머니, 사과 값은 제가 치르지요."

"이러면 괜히 애들 버릇만 더 나빠져요. 저런 애들은 절대 잊어버리지 않도록 혼을 내 줘야 하는데."

"아닙니다. 할머니. 그건 우리 인간의 생각이지요. 주님의 뜻은 아닙니다. 사과 한 개의 일로 이 아이를 벌준다면 죄 많은 우리는 어떤 벌을 받아야 합니까?"

할머니는 아무 말도 못 하고 있었다.

마틴은 할머니에게 어떤 주인이 자기 소작 관리인에게 많은 빚을 탕감해 주었는데, 그 소작인은 자기에게 빚진 사람을 찾아가 그 빚을 갚으라고 으름장을 놓았다는 이야기를 들려주었다. 할머니는 가만히 듣고 있었고 그 사내아이도 서서 들었다.

"예수님께서는 용서하라고 말씀하셨습니다. 그렇지 않으면 우리도 용서받을 수 없지요. 어떤 사람이든 용서해야 하는데 철없는 아이는 더욱 그렇지요."

할머니는 고개를 끄덕이며 한숨을 쉬었다. 그리고 말했다.

"듣고 보니 그렇습니다만 아이들이 너무 버릇이 없어서."

"그래서 우리 늙은이들이 가르쳐야지요."

"그래요. 나도 아이들이 일곱이나 있었지만 딸 하나만 남았어요."

할머니는 자기가 어느 마을에서 어떻게 딸과 함께 살고 있으며 손자가 몇 명인지 이야기하기 시작했다.

"이제는 기력이 없지만 그래도 일을 한다오. 어린 손자들이 불쌍해서 그렇지. 착한 아이들이에요. 어린 손자들만큼 나를 반갑게 맞이해 주는 사람도 없을걸. 아크슈트란 놈은 '우리 할머니가 제일 좋아.' 하면서 내 곁에서 떠나지 않으려고 해요."

그렇게 할머니의 기분은 완전히 풀어졌다.

"너도 물론 철없는 생각에서 그랬겠지."

할머니는 사내아이를 보며 말했다. 노파가 부대를 어깨에 메려고 하자 사내아이가 재빨리 나서며 말했다.

"할머니, 제가 메고 가겠어요. 저도 그쪽으로 가니까요."

노파는 고개를 끄덕이며 자루를 사내아이 어깨에 메어 주었다. 그리고 두 사람은 나란히 길을 걷기 시작했다. 노파는 마틴에게 사과 값을 받는 것도 잊어버렸다. 마틴은 두 사람이 떠나자 그 자리에 우두커니 서서 그들의 뒷모습을 바라보며 그들이 어떤 말을 주고받는지 귀를 기울였다.

그들을 보낸 후 마틴은 집으로 돌아왔다. 층계에 떨어져 있는 안경을 찾았는데 다행히도 깨진 곳이 없었다. 마틴이 바닥에 있는 바늘을 집어 들고 다시 일을 시작했다. 일을 하는 동안 어느새 날이 저물어 바늘구멍이 잘 보이지 않았다. 거리에는 가스등에 불을 켜는 사람이 돌아다녔다.

마틴도 불을 켜야겠다고 생각하고 램프에 불을 붙여 고리에 걸고 다시 일을 시작했다. 한쪽 장화를 완성한 후 이리저리 살펴보았다. 별 이상 없이 잘 꿰매져 있었다. 연장들과 가죽 조각을 정리한 다음 실과 바늘을 치우고 램프를 가져다 테이블에 놓고 벽장에서 성경을 꺼냈다. 그러고는 어젯밤에 가죽을 끼워 놓은 페이지를 펼치려 했으나 다른 곳이 펼쳐졌다.

마틴은 성경을 펼쳐 놓자 어젯밤의 꿈이 생각났다. 꿈이 되살아나면서 동시에 어떤 소리가 귀에 들려왔다. 마치 누군가 그의 뒤에서 발걸음을 옮기는 것 같았다. 마틴이 뒤를 돌아보니 컴컴한 구석에 확실히 어떤 사람이 서 있는 것이었다. 사람임에는 분명한데 누구인지는 알 수가 없었다. 그런데 마틴의 귀에 조용히 속삭이는 것이었다.

"마틴, 너는 나를 모르겠나?"

"누구를 말입니까?"

"나를 말이다. 날 정말 모르겠나?"

그리고 어두컴컴한 구석에서 스체파니치가 나오면서 빙긋 웃더니 형체도 없이 사라져 버렸다.

"그건 나라네." 목소리가 말했다.

그러자 어두운 구석에서 갓난아이를 안은 여자가 나타났다. 여자가 밝은 미소를 지었고 아이도 빙긋 웃더니 어느새 사라져 버렸다.

"이것도 나라네."

그러자 할머니와 사과를 들고 있는 사내아이가 나타나서 웃더니 형체도 없이 사라져 버렸다.

마틴은 너무 기뻤다. 성호를 긋고 안경을 낀 다음 성경이 펼쳐진 곳을 읽기 시작했다. 페이지의 윗부분을 읽었다.

"내가 굶주릴 때에 먹을 것을 주었고, 목마를 때에 마시게 하였으며, 나그네 되었을 때에 영접하였고……."

그리고 계속 아랫부분을 읽었다.

"너희가 내 형제 중에 지극히 보잘것없는 사람 하나에게 해 준 것이 곧 내게 한 것이니라. (마태복음 25장)"

마틴은 꿈은 헛되지 않아 이날 분명히 구세주가 찾아왔고, 자신이 구세주를 대접했다는 것을 깨달았다.

인간에게 얼마나 많은 땅이 필요한가

✝

1

  도시에 살고 있는 언니가 시골 동생 집에 다니러 왔다. 언니는 도시의 상인에게 시집을 갔고, 동생은 시골 농부와 결혼을 했다.

  언니와 동생은 차를 마시면서 이야기를 나누고 있었다. 그러다가 언니는 자기가 사는 도시 생활에 대해서 거드름을 피우며 자랑하기 시작했다. 자기가 도시에서 얼마나 넓고 깨끗한 집에서 살고 있으며 아이들에게는 어떤 옷을 입히고, 어떤 달콤한 음식을 먹으며, 어떻게 산책하고, 어떻게 극장 구경을 다니는지를 우쭐거리며 말했다.

  그러자 동생은 화가 나서 상인의 생활을 비판하며 자기네들의 농촌 생활을 자랑했다.

  "아무리 그래도 난 우리 생활과 언니 생활을 바꿀 생각은 조금도 없어요. 우리는 무료하게 살기는 하지만 두려워할 것은 없어요. 도회지 생활은 깔끔해서 좋을지는 모르지만 운수가 나쁘면 빈털터리가 되는 것 아니에요. 부자는 망

해도 크게 망한다는 속담도 있지요. 오늘의 부자가 내일이면 거지가 될지도 모르잖아요. 거기에 비하면 우리 농사일은 믿을 만해요. 비록 큰 부자는 못 되더라도 굶주리지는 않아요."

그러자 언니가 되받아 말했다.

"배만 고프지 않으면 뭘 해? 돼지나 송아지하고 살면서! 좋은 옷을 입을 수도 없고 다양한 교제도 없지 않니. 네 남편이 아무리 열심히 일해 봐야 평생 거름 속에서 살다가 그렇게 죽겠지. 너희 아이들도 마찬가지야."

동생이 다시 말했다.

"그게 어때서요? 우리 생활인 걸요. 그 대신 우리는 굳건하게 살잖아요. 누구 앞에서도 머리 숙일 필요 없고 두려워하지 않아도 되지요. 그러나 언니처럼 도시 사람들은 유혹 속에서 살고 있잖아요. 오늘은 아무리 좋아도 내일은 벌써 어떤 악마에게 사로잡힐지 모르죠. 형부도 언제 노름의 유혹을 받을지, 술에 빠질지, 아니면 어떤 여자의 유혹에 빠질지 어떻게 알아요. 그렇게 되면 모든 게 끝장이지요. 안 그래요?"

동생의 남편인 파홈이 페치카 위에서 두 여자의 이야기를 듣고 있다가 거들며 말했다.

"그건 맞아요. 우리 농부는 어릴 때부터 땅을 벗 삼아 살기 때문에 어리석은 생각은 안 하지요. 다만 아쉬운 것이 있다면 땅이 넉넉하지 못하다는 것이에요. 땅만 충분하다면 우리들은 두려울 것이 없어요. 악마나 다른 그 누구도 무서워할 것이 없어요."

두 자매는 차를 다 마시고 옷차림에 대해 이야기하다가 차그릇을 치우고 잠자리에 들었다. 그런데 악마가 난로 뒤에서 그들이 이야기하는 것을 다 듣고 있었다. 농부가 아내 이야기에 말려들어 땅만 있으면 악마 따위는 두려워할 것 없다고 큰소리치는 것을 악마는 참을 수가 없었다.

'좋아, 그렇다면 너와 내기를 해 보자. 네게 땅을 듬뿍 주지. 그리고 그 땅으로 너를 사로잡겠다.' 악마는 생각했다.

2

그다지 많지 않은 땅을 가지고 있는 한 여자 지주地主가 농부들과 함께 살고 있었다. 그녀는 대략 120제샤치나(1제샤치나=약1.09ha)의 땅을 소유하고 있었다. 여지주는 농민들과 사이좋게 지냈으며 그들을 괴롭히지도 않았다.

그런데 한 퇴역 군인이 이 여지주 밑에 관리인으로 들어오면서 이런저런 일에 벌금을 물리며 농부들을 괴롭히기 시작했다.

파홈이 아무리 주의 깊게 행동해도 말이 귀리밭으로 뛰어든다든지, 암소가 지주의 마당을 어슬렁어슬렁 걸어 다닌다든지, 아니면 송아지가 초원으로 도망가서 결국 벌금을 물 수밖에 없었다.

파홈은 그때마다 가축에게 욕설을 퍼붓고 때리면서 화풀이를 했고 여름 동안 파홈은 관리인 때문에 많은 고생을 했다. 그래서 가축을 우리에 들여놓는 계절이 오자 사료는 아까웠지만 걱정거리가 없어졌기 때문에 오히려 기뻤다.

겨울이 되자 여지주가 땅을 팔려고 내놓았고 그 땅을 다른 마을에서 온 저택 관리인이 사려고 한다는 소문이 돌았다. 소작인들은 이 소식을 듣고 한숨만 내쉬고 있었다.

'저택 관리인이 땅을 산다면 여주인보다 더 많은 벌금을 물리면서 우리를 괴롭힐 거야. 그렇다고 우리가 이 땅을 떠나서 살 수도 없고. 우리는 이 땅이 없으면 살아갈 수 없지 않은가.' 소작인들이 생각했다.

그래서 소작인들은 여지주에게 찾아가 제발 땅을 저택 관리인에게 팔지 말고 자기들에게 양도해 달라고 간청을 했다.

그리고 값도 더 비싸게 쳐서 주겠다고 해서 결국 여지주는 그렇게 하겠다고 승낙했다.

농부들은 그 땅 전부를 사기로 하고 수차례 회의를 가졌으나 좀처럼 결론이 나오지 않았다. 악마가 훼방을 놓기 때문에 의견의 일치를 보지 못하는 것이었다. 그래서 농부들은 자기 능력대로 땅을 따로따로 사기로 결정했으며, 이에 여지주도 동의했다.

'다른 사람들이 땅을 모두 사 버린다면 내 손에는 아무것도 들어오지 않게 돼.' 파홈은 이렇게 생각하고 아내와 상의했다.

"다른 사람들이 땅을 사고 있으니 우리도 10제샤치나 정도는 사들여야겠어요. 그렇지 않고야 우리는 살아갈 수가 없어. 그 관리인이 물리는 벌금 때문에 이제는 견딜 수가 없어."

두 사람은 무슨 수로 땅을 살 것인가 궁리를 계속했다. 그들에겐 저금한 100루블이 있었다. 그래서 땅을 사기 위해 망아지 한 마리와 꿀벌 절반을 팔고, 아들을 머슴살이로 보내고, 동서에게서 모자란 돈을 빌려 가까스로 땅값의 절반을 마련했다.

파홈은 조그만 숲이 있는 15제샤치나의 땅을 보고 난 후 돈을 가지고 여지주를 찾아가서 땅값을 흥정하고 계약금을 치렀다. 그리고 도시로 나가서 토지 소유 증명서를 작성하고, 나머지는 2년 안에 주기로 했다.

이렇게 해서 파홈은 땅을 소유하게 되었다. 파홈은 씨앗을 그 땅에 뿌렸고, 그해 농사는 대풍이었다. 일 년 농사로 여지주에게도 동서에게도 나머지 빚진 돈을 모두 갚을 수 있었다.

이리하여 파홈은 지주가 되었다. 자기 땅을 경작하여 씨를 뿌리고, 자기 목장에서 풀을 베고, 자기 숲에서 땔감을 만들고, 자기 땅에서 가축을 길렀다. 파홈은 영원히 자기 소유가 된 땅을 갈러 나갈 때나 목초지를 살피러 갈 때 여간 기쁜 게 아니었다. 꽃들과 풀은 전과 다르게 피고 자라는 것 같았다. 전에도 지나다녔던 땅이었지만 지금은 매우 특별한 땅이 된 것이었다.

3

파홈은 기쁨의 나날들을 보냈다. 농부들이 그의 농작물이나 목초지를 망치지만 않는다면 모든 것이 만족스러웠다. 그는 목초지나 농작물을 짓밟지 말라고 부탁했지만 아무런 소용이 없었다. 목동들이 소를 목초지로 풀어 놓기도 하고 말들이 밭에 들어와 농작물을 짓밟아 놓기도 했다. 파홈은 그때마다 달래서 쫓아내기만 하고 고발하지는 않았으나, 결국 참다 못해 재판소에 고발하기에 이르렀다.

농부들이 그렇게 하는 것은 일부러 그러는 것이 아니고 워낙 땅이 좁기 때문이라는 것을 알고 있었지만, 다른 한편으론 이런 생각도 들었다.

'그렇다고 그냥 내버려 둘 순 없어. 우리 목초지를 완전히 망가트려 놓을 거야. 혼을 좀 내 줘야 해.'

이로 인해 농부들은 하나둘 벌금을 물었으며, 이웃 농부들은 파홈에게 원한을 품게 되었고 고의적으로 땅을 더 짓밟기 시작했다. 어떤 농부는 밤에 몰래 숲에 들어가 보리수 열 그루의 껍질을 벗겨 버리기도 했다.

파홈이 숲을 지나다 보니 허연 것이 보였다. 가까이 가 보니 껍질이 벗겨진 보리수나무 조각들이 이리저리 뒹굴고 있었고 둥치가 잘린 그루터기가 이곳저곳에 있었다. '베려면 가장자리에 있는 것이나 베든지 아니면 한 그루라도 남겨 놓든지 이렇게 모두 베어 버리다니……' 파홈은 울화가 치밀었다.

'누가 이런 짓을 했는지 알기만 하면 그냥 두지 않겠어.'

그는 누가 이런 짓을 했을까 골똘히 생각했다.

'쇼무카 말고는 이런 짓을 할 사람이 없어.'

그는 그렇게 생각하고 쇼무카의 집에 가서 여기저기 살펴보았으나 아무것도 발견하지 못하고 말다툼만 하고 돌아왔다. 파홈은 쇼무카의 짓이라고 더욱 확신하고, 쇼무카를 상대로 고소를 제기했으며 두 사람은 법정에 출두했다. 그리고 수차례 공방이 있었지만 증거가 불충분하다는 이유로 피고인은 무죄 판정을 받았다. 파홈은 더욱 화가 나 재판관들과 마을 어른에게까지 행패를 부렸다.

"당신들은 모두 도둑놈의 편이군요. 당신들이 정직한 생활을 한다면 도둑놈을 무죄로 만들지는 않을 거예요."

파홈은 재판관들과 싸웠고, 이웃 사람들과도 싸웠다. 농부들은 불을 지르겠다며 그를 협박했다. 이렇게 파홈은 땅은 많이 가지고 있었으나 외롭게 살아가게 된 것이다.

그러던 중에 농부들이 새로운 곳으로 이주한다는 소문이 돌았다. 이 소식을 들은 파홈은 생각했다.

'나는 내 땅을 버리고 떠나서 살아야 할 이유가 없다. 이 근처 사람들이 여기를 떠나가면 이곳은 그만큼 넓어지겠지. 그들이 두고 간 땅을 내가 산다면 내 살림도 불어나고 사는 것도 나아질 거야. 아무래도 이곳은 역시 좁단 말이야.'

어느 날 파홈이 집에 있는데 그곳을 지나던 한 남자가 그의 집에 들렀다. 그는 농부를 재워 주기로 하고 식사를 대접한 뒤 이런저런 이야기를 나누다가 남자에게 어디서 왔는지 묻자 그는 볼가강 아래 마을에서 왔으며 거기서 일을 했었다고 말했다. 그리고 사나이는 자기가 일하던 곳으로 많은 농부들이 이주해 오고 있으며 그곳에 온 농부들은 곧 조합에 가입하여 한 사람당 10제샤치나의 땅을 분배받았다고 말했다. 또 그 땅이 어찌나 좋은지 보리를 파종하면 말이 보이지 않을 정도로 자라서 다섯 줌이 한 단이 될 정도여서 어떤 농부는 빈손으로 왔다가 지금은 말 여섯 필에다가 소 두 필을 가지고 있다고 했다.

이 말을 들은 파홈의 가슴은 마구 뛰었다. 그리고 생각했다.

'그렇게 살기 좋은 땅이 있다면 이런 좁은 땅에서 가난하게 살 필요가 없잖아. 땅과 집을 팔아 그곳에 가서 이 돈으로 집을 짓고 내 일을 하는 거야. 이 비좁은 땅에서 살다 보면 불행해지기만 할 거야. 먼저 그곳 사정을 자세히 알아봐야만 해.'

여름이 되자 그는 그곳으로 출발했다. 사마라까지는 배를 타고 볼가강을 따라 내려가서 그곳에서부터 400베르스타(1베르스타=약1.06km)를 걸어갔다. 그는 겨우 목적지에 도착했다. 모든 것이 소문대로였다. 농부들은 각각 10제샤치나의 땅을 분배받아서 넓고 풍족하게 생활하고 있었으며 이주해 온 사람은 누구나 기꺼이 조합에 가입시켜 주었다. 뿐만 아니라 돈만 있으면 분배받은 땅 외에도 제일 좋은 땅을 얼마든지 원하는 만큼 3루블씩 구입할 수 있었다.

모든 것을 알아본 파홈은 가을이 되기 전에 집으로 돌아가서 모든 재산을 팔기 시작했다. 큰 이익을 남기고 토지를 팔았으며 물론 집과 가축도 다 팔았다. 그는 조합에서 탈퇴하고 봄이 오기를 기다렸다가 가족과 함께 새로운 땅으로 떠났다.

4

파홈은 가족과 함께 새로운 땅에 도착했다. 우선 큰 마을의 조합에 가입했다. 마을의 노인들에게 술을 대접하고 서류를 모두 갖추었다. 그는 얼마 후 조합원이 되었고 다섯 명의 가족에 대한 토지 50제샤치나의 땅과 목장도 분배받았다. 파홈은 집을 짓고 가축도 길렀다.

땅의 넓이는 이전의 세 배가 되었고 땅도 매우 비옥했다. 살림도 이전보다 열 배나 나아졌다. 경작지와 목초지가 충분했고 가축도 얼마든지 기를 수 있었다.

처음 건물을 짓고 살 때는 모든 것이 만족스러웠다. 그러나 차츰 생활이 안정되자 이곳도 역시 좁게만 생각되었다. 첫해에 밀을 파종했는데 대풍이었고 그는 더 많은 경작을 하고 싶었으나 자기가 가진 땅으로는 부족했다. 또 밀을 심기에는 적합하지 않은 땅도 있었다. 이 지방에서는 억새풀이 있는 땅이나 혹은 휴경지에 밀을 심었다. 1년이나 2년쯤 밀 농사를 짓고 풀이 자랄 때까지 땅을 놀려야 했다. 이러한 땅을 사고 싶어 하는 사람은 많았으나 땅은 충분치 않았고 이로 인해 싸움이 벌어졌다. 조금 살 만한 사람들은 스스로 파종하려고 했으나 가난한 사람들은 상인에게 세를 받고 땅을 빌려주었다.

파홈은 더 많은 파종을 하고 싶었다. 그래서 다음 해에 상인에게 가서 1년간 땅을 빌려서 더 많이 파종하였고 풍작이 들었다. 그러나 그곳은 마을에서 멀리 떨어져 있어서 15베르스타나 운반해야만 했다. 그 근방에는 농사도 짓고 장사도 하면서 전원생활을 하는 부유한 사람도 있었다.

'맞아, 땅을 사서 전원에 집을 지으면 모든 게 다 있는 거지.' 파홈은 생각했다.

그래서 파홈은 어떻게 해서라도 자기 소유의 땅을 구입해야겠다는 생각에 몰두하기 시작했다.

어느덧 3년이 흘렀다. 땅을 빌려 씨를 뿌렸으며, 해마다 풍년이었다. 웬만큼 돈도 모아서 부족함 없이 살았지만 파홈은 해마다 땅을 빌리기 위해 안달해야 하는 것이 지겨웠다. 좋은 땅만 있으면 바로 사람들이 달려들어서 서두르지 않으면 농사지을 땅도 없는 것이다. 3년 만에 그는 상인과 동업으로 마을 사람에게 목장을 빌려 쟁기질을 완전히 끝내 놓았는데 주위의 비난을 사게 되어 모든 것이 허사로 돌아가고 말았다.

'이게 만일 내 땅이라면 누구에게 머리를 숙일 필요도 없고 불쾌한 일도 없을 텐데.' 파홈은 생각했다.

파홈은 영구히 사들일 땅을 찾고 있었다. 그 결과 한 농부를 찾아냈고 그 농부는 500제샤치나의 땅을 구입했는데 파산하여 그 땅을 아주 싸게 판다는 것이다. 파홈은 농부와 흥정을 했다. 여러 차례 흥정한 끝에 절반은 후불로 하기로 하고 1,500루블로 조정되었다. 이야기의 타협점에 거의 도달했을 때 지나가던 장사꾼 한 사람이 시장기를 채우기 위해 파홈의 집에 들렀다. 그들은 차를 마시면서 여러 가지 세상 돌아가는 이야기를 나누었다.

상인은 멀리 바슈키르 지방에서 왔다고 했다. 그 상인은 바슈키르에서 그곳의 주민에게 5,000제샤치나의 땅을 겨우 1,000루블에 샀다고 했다. 파홈은 값이 너무 쌌기 때문에 그 이유를 자세히 물었다.

"그곳 어른들의 비위를 잘 맞춰 주면 됩니다. 내가 그 땅을 사기 위해 가운, 침구 등 100루블 정도의 물건과 차 한 상자를 선물했고, 술을 마시는 사람에겐 술을 대접해서 결국 1제샤치나당 20코페이카라는 헐값으로 살 수 있었지요."

상인은 이렇게 말하면서 토지 소유 증명서를 보여 주었다.

"그 땅은 하천을 끼고 있어 무성한 풀이 자라는 평원이에요."

파홈은 더 자세히 캐물었다.

"그곳의 땅은 얼마나 넓은지 1년을 걸어도 다 돌아볼 수 없을 정도예요. 그곳은 모두 바슈키르 원주민의 땅이지요. 원주민들은 양같이 순진하여 거의 공짜로 땅을 살 수 있어요."

'그렇다면 500제샤치나의 땅을 구입하기 위해 1,000루블을 지불하고도 빚을 진다는 것은 말도 안 되는 거지. 바슈키르에선 1,000루블로 엄청나게 넓은 땅을 살 수 있을 텐데!' 하고 파홈은 생각했다.

5

파홈은 그곳으로 가는 길을 자세히 물은 후 상인이 떠나
자 자기도 떠날 차비를 했다. 뒷일은 아내에게 맡기고 일꾼
한 사람을 데리고 출발했다.

그들은 가다가 시내에 들러 상인이 말한 대로 차 한 상자
와 여러 가지 선물, 포도주를 샀다. 일주일 동안 밤낮을 여
행하여 바슈키르의 유목지에 도착했다. 모든 것이 상인이
말한 그대로였다.

그곳 주민들은 강가의 초원에서 펠트로 만든 천막 속에서
생활하고 있었다. 그들은 스스로 땅을 경작하거나 곡물을
먹는 일도 없었고, 넓은 초원에는 소와 말들이 떼를 지어 다
니고 있었다. 망아지들이 천막의 뒤쪽에 매어져 있었고, 하
루에 두 번 암말을 그곳으로 몰아 여인들이 암말의 젖을 짜
서 우유술을 만들고, 그것을 휘저어 치즈를 만들었다. 바슈
키르 남자들은 우유술과 차를 마시고, 양고기를 먹으며 피
리를 불 뿐이었다. 그들은 모두 건장하고 쾌활했으며 한여
름 내내 아무 일도 하지 않고 놀며 지냈다. 모두들 문맹자이
며 러시아 말도 전혀 몰랐으나 친절했다.

파홈의 일행을 보자마자 바슈키르 사람들이 천막에서 나

와 그들을 둘러쌌다. 파홈은 러시아 말을 할 줄 아는 사람을 찾아서 그에게 토지에 관한 일로 왔다고 말했다.

바슈키르 주민들은 매우 기뻐하며 파홈을 얼싸안고 훌륭한 천막 안으로 안내하여 양탄자 위에 깃털 방석을 깔아 앉게 한 다음 그들도 빙 둘러앉아서 차와 술을 권했으며 양을 잡아 고기를 대접했다.

파홈은 마차에서 선물을 꺼내 바슈키르 사람들에게 나누어 주었고 그들은 무척 기뻐했다. 자기들끼리 열심히 떠들더니 러시아 말을 할 줄 아는 사람을 시켜 이렇게 말하도록 시켰다.

"당신에게 전하라고 합니다. 이 사람들은 당신이 마음에 든답니다. 그래서 우리들의 관습대로 선물에 대한 답례를 어떤 것으로든 하고 싶습니다. 당신이 우리에게 여러 가지 선물을 주셨으니 우리들이 갖고 있는 것 중에서 어떤 것이 마음에 드는지 묻고 있습니다."

"아, 저는 무엇보다도 당신들의 땅입니다. 우리 땅은 좁고 오랫동안 경작하여 토질이 나빠졌는데 여기는 땅도 넓고 기름집니다. 이처럼 아름답고 좋은 땅은 본 적이 없습니다."

통역을 맡은 사람은 그 말을 전했다. 그러자 바슈키르 사람들은 다시 의논을 했다. 파홈은 그들이 무슨 말을 하는지 이해할 수는 없었지만 그들은 유쾌하게 떠들며 웃고 있었다. 그리고 조용해지더니 모두들 파홈을 쳐다보았다. 그때 통역이 이렇게 전했다.

"당신의 친절에 보답하기 위해 얼마든지 갖고 싶은 만큼 땅을 기꺼이 드리겠다고 말합니다."

그들은 또다시 의논을 하더니 언쟁을 하기 시작했다. 파홈은 무엇 때문에 다투느냐고 물었다. 그러자 통역이 대답했다.

"실은 땅에 관한 문제라면 촌장에게 물어보아야 한다는 사람도 있고, 그럴 필요가 없다고 하는 사람도 있어서 그렇습니다."

6

바슈키르 사람들이 이렇게 이야기를 하고 있는데 갑자기 여우 털로 만든 모자를 쓴 한 사나이가 들어왔다. 모두들 하던 말을 멈추고 일제히 일어섰다. 통역하는 사람이 말했다.

"촌장이십니다."

파홈은 값비싼 가운과 준비해 온 5푼트(1푼트=약0.41kg)

의 차를 선물로 내놓았다. 촌장은 선물을 받고 상석上席에 앉았다. 그러자 바슈키르 사람들이 촌장을 향해서 무언가 열심히 말하기 시작했다. 촌장은 그들의 말을 잠자코 듣고 있다가 고개를 끄덕여 모두의 말을 중지시키고 파홈을 향해 말했다.

"그래요, 아무 곳이나 원하는 대로 가지십시오. 땅은 얼마든지 있습니다."

'아니 이럴 수가! 갖고 싶은 대로 땅을 가질 수 있다니! 당장에 촌장이 말하는 것을 계약으로 확실히 해 두어야 해. 그렇지 않으면 언제 자기들 땅이라고 다시 빼앗지 말란 보장이 없으니까.'

"친절히 말씀해 주셔서 정말 감사합니다. 확실히 여기는 좋은 땅이 많군요. 그러나 저는 많은 땅을 원하지는 않습니다. 어느 땅을 제게 주실 수 있는지 말씀해 주셨으면 좋겠습니다. 여하튼 어떤 식으로든 측량을 하여 제 소유임을 확실히 해 주셨으면 합니다. 사람의 운명이란 어떻게 될지 모르는 것이어서, 당신들은 좋은 분이라 내게 땅을 주시지만 당신들의 자손에게 빼앗길 수도 있는 일이니까요."

"옳은 말이오. 소유를 확실히 해 드리겠습니다."

그래서 파홈은 다시 말했다.

"듣기로는 이곳에 상인 한 분이 있었던 모양인데 당신들은 그 사람에게 땅을 선물하고 소유 문서를 작성해 주셨다는데, 저에게도 소유 문서를 작성해 주시기 바랍니다."

촌장은 모든 것을 이해했다.

"그것은 어려운 문제가 아닙니다. 우리에게는 그런 일을 처리할 사람이 있으니 함께 시내로 가서 정식 서류를 작성합시다."

"그러면 땅값은 어떻게 정하실 건가요?"

파홈이 말을 꺼냈다.

"우리 마을에서는 모든 땅의 가격이 같습니다. 누구를 막론하고 하루분으로 1,000루블을 받고 있습니다."

파홈은 무슨 말인지 알 수 없었다.

"하루분이라면 어떻게 측량한 겁니까? 그게 몇 제샤치나 정도가 됩니까?"

"우리들은 그런 계산은 서툴러서요. 그래서 하루분 얼마라고 해서 땅을 팔고 있습니다. 즉, 땅을 사고 싶은 사람이 하루 동안 걸어서 돌아온 만큼의 땅을 모두 하루분으로 하여 그분에게 양도하는 것입니다. 이 하루분의 값을 1,000루블로 하고 있습니다.

파홈은 놀라며 말했다.

"그렇지만 하루 종일 걸어 다닌 땅은 무척 넓은 땅인데
요?"

그 말을 듣고 촌장은 웃으며 말했다.

"그러나 그 전부가 당신의 소유가 되는 것입니다. 그런데
조건이 하나 따르지요. 출발한 당일에 출발점에 돌아오지
못하면 당신이 지불한 돈은 돌려받지 못하는 겁니다."

"그런데 자기가 답사한 땅을 어떻게 증명하면 좋을까요?"

"당신이 점찍어 놓은 장소에 가서 거기에 서 있겠습니다.
당신은 거기서 출발하여 한 바퀴 돌아오십시오. 그때에 괭
이 하나를 가지고 가서 필요한 곳에 표시를 해 주세요. 거기
에 작은 구멍을 파고 풀을 꽂아 두면 다음에 나와 함께 돌
아다니며 쟁기로 구덩이와 구덩이를 연결하면 될 것입니다.
어떤 식으로 돌아다녀도 상관없습니다. 다시 말씀드리지만
해가 지기 전에는 반드시 돌아와야 합니다. 그렇게 해서 돌
아온 땅은 모두 당신의 것이 됩니다."

파홈은 매우 기뻤다. 다음 날 아침 일찍 출발하기로 결정
하고 여러 가지 이야기를 하면서 양고기를 먹고 술을 마셨
다. 그러는 동안 날이 저물었다. 그곳 사람들은 파홈을 포근
한 털 이불에서 자게 하고 각자 자신의 천막으로 돌아갔다.
내일은 해가 돋기 전에 모여 출발점에 나가기로 약속을 했다.

파홈은 폭신한 이불에 누웠지만 좀처럼 잠을 이룰 수가 없었다. 땅의 일이 머리에서 사라지지 않았다.

'가능한 한 멀리 돌아와야지. 온종일 걷는다면 50베르스타 정도는 돌 수 있겠지. 50베르스타면 꽤나 넓은 땅이니 그 중에 신통치 않은 곳은 팔든지 소작인에게 빌려주고, 좋은 곳만 선정하여 농사를 짓자. 쟁기를 끌 암소 두 필을 마련하고 일할 머슴을 두어 명 고용하여 50제샤치나 정도는 경작을 하고 나머지는 목장을 만들어야겠다.'

파홈은 뜬눈으로 밤을 새우다가 겨우 새벽녘에야 잠이 들었다. 그는 꿈을 꾸었다. 꿈속에서 그는 자기가 자고 있는 천막에 누워 밖에서 나는 웃음소리를 듣고 있었다. 누가 웃고 있는지 보고 싶어서 자리에서 일어나 밖으로 나가보니 촌장이 두 손으로 배를 움켜잡고 포복절도하는 것이었다.

파홈은 다가서서 "무엇 때문에 그렇게 웃으십니까?" 하고 물었다. 그리고 살펴보니 그는 바슈키르 촌장이 아니고 파홈에게 와서 땅에 관해 말해 주었던 그 상인이었다. 상인에게 '여기 오신 지 오래되었어요?' 하고 물으려는 순간 상인은 어디로 가고, 전에 볼가강 너머에서 왔던 그 농부로 변해 있었다. 그런데 다시 자세히 살펴보니 그건 농부도 아니고 뿔과 발톱을 가진 악마가 앉아서 배를 끌어안고 웃고 있는데 그 앞에는 맨발의 사나이가 내의만 입고 쓰러져 있는 것이었다. 파홈이 그 사나이의 정체를 알아보려고 자세히 살펴보니 사나이는 이미 죽어 있었고, 더욱이 그것은 자기 자신이었다. 파홈은 무서움에 몸서리쳤다. 그리고 순간 꿈에서 깼다.

"젠장, 무슨 꿈이 이렇담!"

열려 있는 문틈으로 밖을 내다보니 벌써 날이 밝아오고 있었다. 파홈은 '모두들 깨워야겠다. 이제 출발할 시간이 되었어.'라고 생각하고 일어나 마차에서 자고 있는 하인을 깨워 말을 매게 하고 자기는 바슈키르 사람들을 깨우러 갔다.

"모두 일어나시오. 들에 나가 땅을 정할 시간이에요."

바슈키르 사람들도 일어나 모여들었다. 잠시 후 촌장이 왔고 바슈키르 사람들은 우유술을 마시며 그에게는 차를 대접하려고 했다. 그러나 파홈은 그렇게 한가하게 있을 수가 없었다.

"어서 떠납시다. 시간이 다 됐으니까요."

8

바슈키르 사람들은 말이나 마차를 타고 출발했고 파홈은 괭이를 갖고 하인과 함께 자신의 마차를 타고 출발했다. 초원에 도착하자 날이 밝았다. 바슈키르 말로 쉬한이라는 언덕에 이르자, 마차와 말에서 내려 한곳에 모였다. 촌장이 파홈에게 다가와 손으로 들판을 가리켰다.

"이 들판이 모두 우리들의 땅입니다. 그러니 마음대로 좋은 곳을 택하십시오."

파홈의 눈은 반짝거렸다. 땅은 전부 초원이었고 손바닥처럼 평평하고 양귀비같이 검었으며, 약간 낮은 곳에는 여러 가지 잡초가 가슴까지 자라 있었다.

촌장은 여우 털모자를 벗어 땅에 놓고 말했다.

"이것을 출발 표지로 삼읍시다. 여기서 출발하십시오. 그리고 이곳으로 돌아오십시오. 돌아온 곳도 모두 당신의 땅입니다."

파홈은 돈을 꺼내서 모자 위에 놓고, 카프탄을 벗어 조끼바람이 되자 허리춤의 가죽끈을 단단히 매고, 빵 주머니를 품고 물병도 가죽 띠에 매달았다. 그리고 장화의 목을 조이고 하인이 들고 있던 괭이를 받아 든 다음 출발 준비를 했다. 어디를 보아도 좋은 땅이었으므로 그는 어느 쪽으로 갈지 잠시 생각했다. '해가 돋는 쪽으로 가야겠다.'고 생각하고 태양이 떠오르는 쪽을 바라보고 몸을 흔들어 근육을 풀면서 해가 솟아오르기를 기다렸다.

'절대로 시간을 낭비하면 안 되지. 이렇게 서늘할 때 걷는 것이 편할 것이다.' 해가 뜨자마자 파홈은 괭이를 메고 초원을 향해 출발했다. 그는 조급하게 걷지도 않고 너무 느리지도 않은 걸음으로 앞으로 나아갔다. 1베르스타쯤 가서 구덩이를 파고 눈에 잘 띄도록 잔디를 겹겹이 묻어 놓았다. 그리고 또 걸었다. 그의 걸음은 자꾸 빨라졌다. 한참을 지나 다시 구덩이를 파고 잔디를 심어 표시를 해 두었다.

파홈은 뒤를 돌아보았다. 해가 내리쬐어 언덕 꼭대기와 그곳에 서 있는 사람들이 뚜렷이 잘 보였다. 여행 마차의 바퀴가 반짝거렸다. 파홈은 5베르스타쯤 걸었을 거라고 생각했다. 차츰 더워져 옷을 벗어 어깨에 걸치고 걸었다. 5베르스타를 더 지나오자 덥기 시작했다. 태양을 보니, 아마도 아침 식사 시간이 된 것 같았다.

'하루치의 4분의 1이 지났군. 하루에 네 군데 구덩이를 파게 되어 있으니 방향을 돌리기에는 너무 빠르지. 신을 벗어야겠군.'

그리고 앉아서 신을 벗어 허리춤에 차고 다시 걷기 시작했다. 걷는 것이 훨씬 수월했다.

'5베르스타만 더 걷자. 그리고 왼쪽으로 구부러져 돌아가야지. 땅이 너무 좋아서 그대로 돌아가기가 아쉬운걸. 앞으로 나아갈수록 더욱 땅이 좋으니.' 그렇게 생각하며 그는 자꾸만 앞으로 나아가고 있었다. 뒤를 돌아보자 출발점인 언덕이 희미하게 보이고 그곳 사람들은 개미처럼 아물거렸고, 무엇인가 반짝거렸다.

'이만하면 이쪽은 충분해. 이제는 여기서 방향을 돌려야지. 목도 타는군.' 파홈은 그곳에 더욱 큰 구덩이를 만들고 잔디를 넣고는 물통을 열어 물을 마신 뒤 왼쪽으로 커다랗게 방향을 돌렸다. 그곳으로 가니 풀이 무성해지고, 무더워지기 시작했다.

파홈은 온몸의 기운이 빠지고 몹시 피곤했다. 태양은 높이 떠서 정오가 되었다.

'여기서 쉬어 가지 않으면 안 되겠다.' 파홈은 걸음을 멈추고 앉았다. 누우면 잠들까 봐 눕지는 않고 물을 마시며 빵을 먹었다. 그러고는 다시 걷기 시작했다. 빵을 먹었기 때문에 힘도 솟았다. 그러나 햇살이 워낙 따갑게 내리쬐어 걷다가도 졸음이 왔다. 그래도 걸음을 멈출 수가 없었다. 한 시간 견디는 일이 평생의 이득을 가져온다고 생각했다.

파홈은 한 번 왼쪽으로 꺾은 후에도 상당히 멀리 걸었다. 다시 왼쪽으로 돌리려다 앞을 바라보니 분지가 있는데 버리기에는 너무나 아까운 땅이었다. 그래서 분지를 지나 그 너머에 구덩이를 파서 표식을 하고 다시 왼쪽으로 돌았다. 파홈은 언덕 쪽을 보았으나 더운 기운 때문에 모든 것이 아른거리는 대기 속에서는 언덕 위의 사람들도 거의 보이지 않았다. 그들로부터 15베르스타쯤 온 것 같았다.

파홈은 생각했다.

'두 쪽은 길게 잡았으니 이번에는 좀 짧게 잡아야겠어.'

세 번째 방향으로 접어들자 그는 걸음을 재촉했다. 해를 보니 점심시간이 가까워지고 있었다. 그런데 세 번째 모퉁이에서는 겨우 2베르스타 정도밖에 나아가지 못했다. 출발점까지는 아직 15베르스타 정도가 남아 있었다. '안 되겠군. 모양이 꾸불꾸불한 땅이라도 이젠 할 수 없어. 곧바로 출발점으로 가야겠다. 더 이상 탐내지 말자. 땅은 충분해.' 이렇게 생각한 파홈은 서둘러 구덩이를 파서 표시하고 곧바로 출발점인 언덕으로 향했다.

9

　파홈은 곧장 언덕 쪽으로 갔으나 지칠 대로 지쳐 있었다. 온몸은 땀으로 젖었고 맨발은 상처투성이며 힘이 빠져 제대로 걸을 수가 없었다. 쉬고 싶었지만 그럴 수도 없었다. 해가 지기 전에 출발점에 도착할 수 없을 것 같았기 때문이다. 태양은 기다려 주지 않고 자꾸만 기울어 갈 뿐이었다.

　'야단났는데. 내가 너무 욕심을 냈나 보다. 시간을 못 지키게 된다면 어떡하지?'

　그는 언덕과 해를 번갈아 쳐다보았다. 출발점까지는 아직 먼데 해는 벌써 지평선으로 기울고 있었다.

　파홈은 걸음을 재촉했지만 걸어도 걸어도 갈 길은 줄지 않았다. 마침내 뛰기 시작했다. 조끼도 장화도 물통도 모자도 모두 던져 버리고 괭이만을 쥐고 지팡이 삼아 뛰었다.

　'아! 나는 너무 욕심을 부렸어. 내가 모든 걸 망쳐 버린 거야. 해지기 전까지 출발점에 돌아갈 수 없을 거야.'

　그는 두려운 생각에 숨이 막혀 왔다. 파홈은 계속 뛰었다. 내의와 바지가 땀에 젖어 몸에 달라붙었다. 입이 마르고 가슴은 대장간 풀무처럼 부풀고 심장은 마치 망치질을 하는 듯했다. 다리는 남의 다리처럼 휘청거렸다. 파홈은 이러다가

죽지는 않을까 하는 생각에 무서웠다.

죽는 것은 무섭지만 그렇다고 멈춰 설 수는 없었다. '이렇게 많이 왔는데 여기서 멈춰 서면 사람들에게 바보라는 소리를 들을 거야.' 파홈이 뛰고 뛰어 언덕 가까이까지 왔을 때 바슈키르 사람들이 그를 향해 외치는 고함소리가 들려왔다. 그 함성을 듣자 파홈의 심장은 더욱 격렬하게 뛰었다. 파홈은 있는 힘을 다해 뛰었다.

해가 지평선 가까이 저녁놀 속으로 떨어지며 하늘이 붉게 물들어 가고 있었다. 해는 곧 저물 것이다. 출발점까지도 멀지 않았다. 파홈은 언덕 위에서 자기를 향해 손을 흔들며 재촉하고 있는 사람들을 보았다. 땅 위에 놓인 촌장의 여우털모자와 그 위의 돈도 보였다. 그리고 촌장이 땅바닥에 앉아 두 손으로 배를 움켜잡고 있는 것도 보였다. 그러자 꿈이 생각났다.

'땅은 원대로 많아졌지만 하나님께서 나를 이 땅에 살게 하실까? 아! 나는 모든 걸 망쳐 버렸어. 더 이상 갈 수가 없어.'

파홈은 태양을 쳐다보았다. 태양은 지면 아래로 묻혀 버리고 끝자락만이 또렷이 드러났다. 파홈은 마지막 힘을 쏟아 몸을 앞으로 기울이고 넘어지지 않으려고 애를 쓰며 겨우 발걸음을 옮겼다. 그리고 겨우 언덕 밑까지 이르렀다. 그런데 갑자기 주위가 어두워졌다. 뒤를 돌아보니 태양은 벌써 가라앉았다. 파홈은 깜짝 놀랐다.

'아! 이 모든 수고가 수포로 돌아갔구나!'

그는 단념하고 멈춰 서려 했으나 바슈키르 사람들의 함성이 언덕 위에서 들려왔다. 그러자 언덕 아래에 있는 그에게는 해가 이미 떨어진 것처럼 느껴지지만, 언덕 위에서는 아직 해가 지지 않았을지도 모른다는 생각이 들었다. 파홈은 힘을 내어 언덕 위로 뛰어 올라갔다.

언덕 위에는 아직 햇빛이 있었다. 언덕에 올라서자 모자가 보였다. 그리고 모자 앞에 촌장이 앉아서 두 손으로 배를 움켜잡고 큰 소리로 웃고 있었다. 파홈은 꿈 생각이 나서 깜짝 놀랐다. 다리의 힘이 풀려서 앞으로 쓰러지고 말았다. 하지만 쓰러지면서도 모자를 손으로 잡았다.

"아, 참으로 훌륭합니다. 많은 땅을 소유하게 되었소이다!"

촌장이 소리쳤다.

파홈의 하인이 달려가 주인을 일으키려고 했지만 그의 입에서는 피가 흐르고 있었다. 이미 죽은 것이다. 바슈키르 사람들은 혀를 차며 매우 애석해했다.

파홈의 머슴은 주인이 가진 괭이를 가지고 파홈의 무덤으

로 머리에서 발끝까지의 치수 3아르신(1아르신=약71.12cm)
을 정확히 팠다. 그리고 그곳에 파홈의 시체를 묻었다.

바보 이반

✝

1

옛날 어느 나라에 부유한 농부가 살고 있었다. 이 부유한 농부에게는 군인인 세몬과 배불뚝이 타라스, 바보 이반이라는 세 아들이 있었고, 귀가 먹고 벙어리인 딸 말라냐가 있었다. 군인인 세몬은 임금님에게 봉사하기 위해 전쟁터로 나갔고, 배불뚝이 타라스는 장사하는 법을 배운다고 상인에게 갔으며, 바보 이반은 누이동생과 같이 집에서 열심히 일하고 있었다.

군인 세몬은 높은 벼슬과 영지를 받고 어떤 귀족의 딸과 결혼했으며, 보수도 많고 땅도 많았으나 언제나 수지가 맞지 않았다. 왜냐하면 남편은 열심히 돈을 벌었으나 돈이 들어오기가 무섭게 아내가 다 써 버렸기 때문이었다. 그래서 군인인 세몬이 직접 도지세賭地稅를 받으러 소작인들을 찾아갔다. 그러나 관리인은 이렇게 말했다.

"도지세를 낼 처지가 아닙니다. 우리에게는 가축이나 농기구, 말이나 소도 없는걸요. 먼저 그런 것이 있어야 합니다.

그래야 수입이 생기지요."

그래서 세몬은 아버지를 찾아갔다.

"아버지, 아버지께서는 부자면서도 저에게는 아무것도 주시지 않았습니다. 저에게 토지를 3분의 1만 주십시오. 그러면 제 소유지로 이전하겠습니다."

그러자 노인이 말했다.

"너는 이제까지 집에 보태 준 것이 없는데, 어째서 네게 3분의 1의 땅을 줘야 한단 말이냐? 그러면 이반과 네 누이동생이 좋아하지 않을 것이다."

그러자 세몬이 말했다.

"그러나 이반은 바보가 아닙니까? 또 말라냐는 귀머거리에다 벙어리인데, 그런 애들에게 무엇이 필요하겠어요."

이 말을 듣고 노인은 다음과 같이 말했다.

"그러면 이반은 뭐라고 말하는지 한번 들어 보자."

그러자 이반은 말했다.

"전 괜찮아요. 가져가라고 하세요."

군인 세몬은 자기 몫의 땅을 얻어 자기 앞으로 이전하고 다시 임금님에게 봉사하러 떠났다.

한편 배불뚝이 타라스도 그동안 돈을 많이 모아 상인의 딸과 결혼했다. 그러나 타라스 역시 돈이 부족한 것만 같았다. 그래서 아버지에게 찾아와 이렇게 말했다.

"저에게도 제 몫의 땅을 주세요."

그러나 노인은 타라스에게도 주고 싶지 않았다.

"너는 가족을 위해 아무것도 해 준 게 없고 집에 있는 것은 모두 이반이 벌어들인 것이니 나는 이반과 네 누이동생을 서운하게 하고 싶지 않다."

그러자 타라스가 말했다.

"저런 바보 녀석이 어디에 쓸 곳이 있겠어요? 이반은 장가도 갈 수 없을 겁니다. 누가 저런 바보에게 시집을 옵니까? 또 벙어리인 누이에게도 역시 필요한 것은 아무것도 없어요. 그렇지 않으냐, 이반? 집에 있는 곡식 중 절반만 나에게 다오. 그리고 나는 농기구 같은 것은 필요 없어. 가축 중에서 잿빛 종말이나 한 마리 갖겠다. 저 말은 농사짓는 데 필요한 것도 아니니까."

이반은 조용히 웃으며 말했다.

"그렇게 하세요. 나가서 말을 준비시켜 놓을게요."

이렇게 해서 타라스도 제 몫을 가져갔다. 타라스는 곡식과 잿빛 종말을 데리고 떠났다. 그리고 이반은 이전처럼 늙은 암말 한 마리로 농사를 지어 부모님을 공양했다.

2

늙은 도깨비는 이들 형제가 재산을 나누어 갖는데도 말다툼을 하지 않고 사이좋게 헤어지자 매우 기분이 상했다. 그래서 그는 작은 도깨비 셋을 불렀다.

"자, 봐라. 저 인간 세상에 세 형제가 살고 있지 않느냐. 세몬이란 군인과, 배불뚝이 타라스, 그리고 바보 이반 말이다. 저 녀석들이 서로 싸워야 하는데 모두 사이좋게 지낸단 말이다. 저 바보 이반이란 놈이 내 일을 모두 망쳐 버렸지 뭐냐? 이제부터 너희 셋은 저 세 녀석들에게 달라붙어 서로 물어뜯는 싸움이 벌어지도록 만들어야만 한다. 할 수 있겠느냐?"

"그럼요. 할 수 있지요."

"어떻게 할 셈이냐?"

"네, 이렇게 하려고 합니다. 녀석들을 먹을 것조차 없는 가난뱅이로 만든 다음 세 녀석을 한군데 모아 놓는 겁니다. 그러면 녀석들은 분명 싸움을 하게 될 것입니다."

"그거 좋은 생각이다. 제각기 할 일을 알고 있는 것 같군. 가서 녀석들의 사이를 갈라놓기 전에는 절대로 돌아와선 안 된다. 만일 그 일에 실패하면 너희 세 놈의 가죽을 벗겨 버릴 것이다."

도깨비들은 소택지로 가서 어떻게 일을 시작할 것인가를 의논하기 시작했다. 서로가 쉬운 일을 맡겠다고 논쟁하다가 겨우 제비뽑기를 해서 누가 누구를 맡을 것인지를 결정했다. 그리고 조금이라도 자기 일이 일찍 해결되는 자는 다른 자를 도와주어야 한다고 결정했다. 도깨비 셋은 제비를 뽑고 나서 언제 다시 소택지에서 만날 것인지, 누가 일을 끝마치고 누구를 도우러 갈 것인지 알 수 있는 기일을 정했다.

모이기로 한 날이 되자 도깨비 셋은 약속대로 숲속에 모였다. 그리고 자기가 맡은 일이 어떻게 진행되고 있는지 얘기하기 시작했다. 먼저 군인인 세몬에게 갔다 온 첫째 도깨비가 말했다.

"내가 맡은 일은 아주 잘됐어. 세몬이란 녀석은 내일 자기 아버지를 찾아갈 거야."

그때 동료 도깨비들이 물었다.

"그래, 어떻게 했는데?"

"나는 말이야, 먼저 세몬에게 쓸데없는 용기를 불어넣어 주었지. 그랬더니 그 녀석은 왕에게 온 세계를 정복하겠다고 약속하더군. 그러자 임금은 세몬을 대장으로 임명하고 인도왕을 치라고 보낸 거야. 모두들 인도 왕을 정복하러 가겠다고 모였는데 나는 바로 그날 밤 세몬이 이끄는 군대의 화약을 전부 물에 적셔 놓고, 인도 왕에게로 달려가서 짚으로 허수아비 군대를 많이 만들어 놓았지. 세몬의 군사들은 사방에서 밀려드는 인도의 허수아비 군병들을 보고는 잔뜩 겁을 먹었어. 세몬이 '쏘아라.' 하고 명령을 내렸지만, 대포나 총이 나가지 않았거든. 세몬의 군사들은 사색이 되어 놀란 양 떼처럼 도망쳐 버렸어. 그때 인도 왕이 그들을 모조리 쳐부수었어. 그래서 세몬은 망신은 망신대로 당하고, 왕은 세몬의 땅을 몰수하고 내일 그에게 사형을 집행하려고 해. 내가 할 일은 이제 한 가지만 남았어. 세몬을 감옥에서 나와 집으로 도망치게 하는 일뿐이야. 내일 모든 일이 끝날 테니까 너희들 중에서 누가 내 도움이 필요한지 말해 봐."

타라스에게 갔다 온 도깨비도 자기가 한 일에 대해서 말하기 시작했다.

"나도 도움은 필요 없어. 내 일도 아주 잘되어 가고 있으니까. 타라스란 녀석도 이제 일주일 이상은 버티지 못할 거야. 나는 먼저 그놈의 배를 잔뜩 불려 욕심쟁이가 되게 했지. 그랬더니 녀석은 남의 재산까지 탐을 내어 무엇을 보든지 닥치는 대로 모두 갖고 싶어 하는 거야. 돈을 있는 대로 털어 뭐든지 사 버렸지. 아직도 계속 사들이고 있다네. 지금은 빚을 내서까지 사들이고 있으니 그 물건들을 해결할 수 없을 정도여서 쩔쩔매고 있어. 일주일 후에는 그동안 빚진 돈을 지불해야 할 테고 그동안 나는 녀석의 물건들을 전부 거름으로 만들어 놓을 작정이야. 그러면 녀석은 빚을 못 갚고 자기 아버지에게로 달려갈 거야."

그리고 이반에게 갔다 온 셋째 도깨비에게 물었다.

"네 일은 어떻게 됐지?"

"그런데 내 일은 왠지 잘 풀리질 않아. 나는 먼저 녀석이 배탈이 나도록 녀석이 마시는 크바스(곡물로 만든 청량음료)를 담은 병 속에 침을 잔뜩 뱉어 놓고는, 그 녀석의 밭으로 가서 땅을 돌처럼 딱딱하게 만들어 버렸지. 녀석이 밭을 갈지 못하도록 말이야. 그쯤 되면 녀석도 절대 밭을 갈진 못하리라고 생각하고 있는데 이 바보 녀석은 쟁기를 들고 밭으로 가더니 갈아 버리는 거야. 배탈이 나 끙끙 앓으면서도 계속 가는 거야. 그래서 나는 그 녀석의 쟁기를 부숴 놓았지. 그랬더니 그 녀석은 집에 가서 딴 쟁기를 고쳐서 대목臺木을 묶고 다시 밭을 갈기 시작하는 거야. 그래서 나는 땅속으로 들어가 쟁기 머리를 붙들어 보려고 안간힘을 썼지만 불가능했어. 그 녀석이 쟁기를 누르는 데다가 쟁기날이 예리해서 나는 손만 이리저리 베이고 말았어. 그러는 사이 녀석은 밭을 거의 다 갈고 이제는 한 두둑만 남았지 뭐야. 그러니 형제들이 와서 도와주게. 만일 우리가 그 녀석을 해치우지 못하면 우리들 모두의 일은 전부 허사가 되고 말 거야. 그 바보 녀석이 남아서 농사를 짓게 되면 두 형들을 돌봐 줄 테니까 그 녀석들은 어려움을 당하지 않게 된단 말이야."

군인인 세묜을 맡고 있는 도깨비가 내일 도우러 가겠다고 약속하고 작은 도깨비들은 헤어졌다.

3

이반은 묵혀 두었던 밭을 거의 다 갈고 한 두둑만 남겨 놓았다. 그는 남은 밭을 마저 갈아 버릴 생각으로 왔지만 배가 아파서 참을 수가 없었다. 그러나 마저 갈아야만 해서 고삐 줄을 툭툭 치며 쟁기를 돌려 갈기 시작했다. 한 번 갔다가 되돌아오려고 하는데 나무뿌리에 걸린 것처럼 쟁기가 나가지 않았다. 도깨비가 두 발로 쟁기 끝을 잡아당기고 있었기 때문이었다.

'이상한 일도 다 있군. 이곳에 나무뿌리 같은 것은 없었는데…… 나무뿌리겠지.' 이반은 생각했다.

이반은 고랑에 손을 넣었다. 그러자 어떤 부드러운 것이 손에 닿았다. 그는 그것을 움켜쥐고 끌어냈다. 나무뿌리 같은 검은 형체였는데 자세히 살펴보니 살아 있는 도깨비였다.

"아니, 이런 빌어먹을 놈!"

이반은 도깨비를 집어 들어 쟁기 부리에 내리쳐 박살을 내려고 했다. 그러자 도깨비는 애원했다.

"제발 살려 주십시오. 그 대신 뭐든 시키는 대로 하겠습니다."

"그래 뭘 해 주겠다는 거냐?"

"무엇을 원하시는지 말씀만 하십시오."

이반은 잠시 머리를 긁었다.

"나는 지금 몹시 아픈데 고쳐 주겠나?"

"그럼요, 고쳐 드리지요."

"어디 그럼 낫게 해 보아라."

도깨비는 고랑에 몸을 구부리고 손톱으로 이리저리 뒤지며 무엇인가를 찾더니 가지가 셋인 조그만 뿌리를 뽑아서 이반에게 주었다.

"자, 여기 이 뿌리 하나만 드시면 어떠한 병이라도 다 낫습니다."

이반은 뿌리를 받아서 씹어 삼켰다. 그러자 정말 신통하게도 배 아픈 것이 금방 나아 버렸다. 도깨비는 다시 애원하기 시작했다.

"이제는 제발 놓아주십시오. 저는 땅속으로 들어가 다시는 나오지 않겠습니다."

"그럼, 잘 가거라!"

이반의 말이 떨어지기가 무섭게 도깨비는 물속에 던져진 돌처럼 어느새 땅속으로 사라져 버리고 그저 구멍 하나가 남아 있을 뿐이었다. 이반은 남은 두 뿌리를 모자 속에 집어넣고 나머지 땅을 갈기 시작했다. 그리고 나머지 이랑을 다 갈고 나서 쟁기를 뒤집어 놓고 집으로 돌아왔다. 말을 풀어놓고 집 안으로 들어가니 맏형인 군인 세몬이 그의 아내와 함께 저녁 식사를 하고 있었다. 그는 논과 밭을 빼앗기고, 간신히 감옥에서 도망쳐 나와 아버지한테 얹혀살려고 달려온 것이었다.

세몬은 이반이 들어오는 것을 보고 이렇게 말했다.

"난 너와 함께 살려고 왔다. 새로운 일자리가 생길 때까지 나와 집사람을 먹여 다오."

"그렇게 하시죠. 여기서 사세요."

그렇게 말하고 이반이 막 자리에 앉으려고 하는데 이반에게서 나는 냄새가 귀부인의 기분을 상하게 했다. 그녀는 남편에게 말했다.

"고약한 냄새가 나는 농부와 같이 식사를 하는 것이 싫어요."

그러자 군인 세몬이 말했다.

"집사람이 너에게 나는 냄새가 싫다고 하니 너는 문간에서 먹었으면 좋겠는데."

"그렇게 하시죠. 마침 나는 밤일을 하러 갈 시간이 되었으니까요. 말에게도 먹이를 줘야 하거든요."

이반은 빵과 카프탄(긴 외투)을 들고 밤일을 하기 위해서 나갔다.

4

군인 세몬을 맡은 도깨비는 그날 밤으로 일을 마치고 약속대로 동료를 도와 이반을 골탕 먹이러 이반을 맡은 도깨비 친구를 찾아왔다. 밭으로 와서 여기저기 한참 동안을 찾아다녔지만 어디에서도 그 도깨비 친구의 모습을 발견할 수가 없었고, 그저 구멍만 발견했을 뿐이다.

'이건 분명 동료에게 무슨 나쁜 일이 생긴 거야. 그렇다면 그 대신 내가 할 수밖에. 밭은 이제 다 갈아 엎었으니까 이

바보 이반   117

번에는 풀밭에 가서 그 바보를 괴롭혀 볼까?'

도깨비는 목장으로 가서 이반의 초지草地에 물이 범람하게 만들었다. 땅은 온통 흙탕물 천지가 되었다. 이반은 새벽 녘에 가축을 지키다가 돌아와 큰 낫을 들고 풀을 베러 나갔다. 이반은 초지에 도착하자 곧바로 풀을 베기 시작했다. 그런데 여느 때와는 달리 한두 번만 낫질을 해도 칼을 갈지 않으면 날이 무뎌져 자를 수가 없었다. 이 방법 저 방법 다 써보았으나 허사였다.

"안 되겠어. 집에 가서 숫돌을 가져와야지. 그 길에 빵도 가져와야겠다. 설령 일주일이 걸린다 하더라도 다 베기 전에는 여기를 떠나지 않겠어."

도깨비는 이 말을 듣고 깊이 생각했다.

'제기랄, 이 녀석은 참으로 멍청하군! 이 방법으론 안 되겠는걸. 다른 수를 써야겠다.'

이반은 다시 돌아와 낫을 갈아 풀을 베기 시작했다. 도깨비는 풀 속으로 숨어들어 낫등을 붙잡고 날을 땅속에 처박기 시작했다. 이반은 힘이 들었지만 풀을 거의 다 베고, 이젠 늪지의 한 줄의 풀만 남았을 뿐이었다. 도깨비는 늪 속으로 숨어 들어가 이렇게 생각했다.

'내 손이 잘리더라도 절대로 베지 못하게 해야지.'

이반은 늪지대로 들어왔다. 풀이 그렇게 억세지도 않은데 어쩐지 낫이 말을 듣지 않았다. 이반은 화가 나서 있는 힘을 다해 낫질을 해 댔다. 도깨비는 도저히 이겨 낼 수가 없었다. 낫을 피하기조차 힘들어서 숲속으로 숨어 버렸다. 이반이 낫을 힘껏 휘둘러 관목을 친 바람에 도깨비의 꼬리가 절반이나 잘려 나갔다. 이반은 그 많은 풀을 다 베고 나서 누이동생에게 그것을 긁어모으라고 말하고, 이번에는 호밀을 베러 갔다.

이반은 갈고랑이 낫을 가지고 호밀밭에 갔다. 그런데 꼬리가 짧게 잘린 도깨비가 어느새 와서 호밀을 마구 짓밟아 놓았기 때문에 갈고랑이 낫으로는 도저히 벨 수가 없을 것 같았다. 그래서 이반은 집으로 돌아가 다시 보통 낫을 가지고 와서 베기 시작하여 모두 베어 버렸다.

"자, 이번에는 귀리를 베야지."

꼬리 잘린 도깨비는 이 말을 듣고 이렇게 생각했다.

'이번에는 진짜 골탕을 먹여야지. 어디 내일 아침에 두고 보자!'

다음 날 아침 도깨비는 귀리밭으로 달려갔다. 귀리는 벌써 다 베어져 있었다. 귀리가 떨어지는 것을 적게 하려고 밤새 다 베어 버렸던 것이다. 도깨비는 화가 치밀었다.

"저 바보 녀석은 내 꼬리를 잘라 버리고 나를 괴롭히고 있다. 전쟁에서도 이처럼 힘든 일은 보지 못했는데. 저 바보 녀석은 밤에도 잠을 자지 않으니 별도리가 없는걸. 그러나 이번에는 호밀 더미에 숨어 들어가 모두 썩혀 버려야지."

도깨비는 호밀 더미가 있는 곳으로 가서 그 더미 속에 숨어들어 호밀을 썩히기 시작했다. 그런데 그것을 썩히기 위해 몸을 따뜻하게 하는 바람에 자기도 모르게 잠이 들어 버렸다.

한편 이반은 암말에 수레를 채우고 누이동생과 함께 호밀을 나르러 왔다. 호밀 더미로 다가와 호밀을 짐수레에 싣기 시작했다. 두어 단 정도 던져 올리고 꾹꾹 누르자 도깨비의 궁둥이를 누르게 되었다. 이반이 단을 치켜들어 보니 꼬리가 잘린 도깨비가 갈퀴에 매달려 버둥거리면서 빠져나가려고 애를 쓰고 있었다.

"아니, 이놈 봐라. 이런 못된 것이 있나. 또 왔구나?"

"저는 아닙니다. 저번엔 제 동료였어요. 저는 당신의 형인 세몬에게 붙어 있었던 놈입니다."

"그래, 네가 어떤 놈이건 똑같은 꼴로 만들어 주어야겠다."

이반이 이랑에 내리쳐 박살을 내려고 하자 도깨비가 애원하기 시작했다.

"놓아주세요. 다시는 오지 않겠습니다. 놓아주신다면 당신이 바라는 것은 무엇이든 해 드리겠습니다."

"그래, 그런데 무엇을 할 수 있다는 거냐?"

"원하신다면 어떤 깃으로도 군사를 만들어 낼 수 있습니다."

"그런데 군병이 내게 무슨 소용이 있겠나?"

"아닙죠. 원하는 대로 그들은 무엇이나 해 드립니다."

"노래도 부를 수 있단 말이냐?"

"그럼요, 물론입니다."

"그렇다면 어디 한번 해 보아라."

그러자 도깨비가 말했다.

"이 호밀 단을 한 단 들어 땅 위에 세워 놓고 흔들면서 그저 이렇게 말하십시오. '내 종이 내리는 명령이다. 다발이 아니고 호밀짚 수만큼 군병이 되어라.'"

이반은 호밀 단을 땅바닥에 세워 놓고 흔들면서 도깨비가 명령한 것처럼 그대로 말했다. 그러자 호밀 단이 점점 흩어져 수많은 군병이 되더니 고수와 나팔수가 앞에서 북을 치고 나팔을 부는 것이었다. 이반은 웃음을 터뜨렸다.

"네 놈은 여간 재주꾼이 아니군! 여자들이 보면 기뻐하겠는걸."

"그럼 이제 저를 놓아주세요."

"아니야, 호밀 단으로 군사를 만들면 곡식을 버리게 되니 이 군병들을 다시 호밀 단으로 되돌려 놓는 방법을 알려 주어야지."

그러자 도깨비는 말했다.

"이렇게 하면 됩니다. '군병의 수만큼 호밀 단이 되어라. 내 종의 명령이다.'"

이반이 그대로 말하자 다시 다발이 되었다. 도깨비는 다시 애원하기 시작했다.

"이제는 저를 놓아주세요."

"좋아, 놓아주지."

이반은 도깨비를 밭두렁에 걸쳐 놓은 다음 한 손으로 쥐고 갈퀴에서 빼 주었다.

"잘 가거라."

그런데 이반의 말이 채 끝나기도 전에 도깨비는 물속에 던져진 돌처럼 눈 깜짝할 사이에 땅속으로 들어가 버렸다. 그곳에는 구멍이 하나 남아 있을 뿐이었다.

이반은 집으로 돌아왔다. 집에는 둘째 형인 타라스가 아내와 함께 와서 저녁을 먹고 있었다. 배불뚝이 타라스는 빚을 갚지 못하자 남몰래 도망쳐 나와 아버지에게 온 것이었다. 그는 이반을 보자 이렇게 말했다.

"이반, 내가 다시 장사를 시작할 때까지 집사람하고 나를 좀 먹여 다오."

"그렇게 하세요."

이반은 겉옷을 벗고 식탁에 앉았다. 그러자 상인의 아내가 얼굴을 찌푸리며 입을 열었다.

"나는 바보와 같이 밥을 먹을 수가 없어요. 저 사람은 고약한 냄새가 나서 말이에요."

그러자 타라스가 말했다.

"이반아, 너는 냄새가 많이 나는구나. 저기 문간에서 먹어라."

이반은 빵을 가지고 밖으로 나가면서 대답했다.

"네, 그렇게 하죠. 그렇지 않아도 밤일을 나갈 시간이 되었어요. 말에게도 먹이를 주어야 하고요."

5

셋째 도깨비는 그날 밤에 일이 끝나 약속한 대로 친구를 도와 이반을 골탕 먹이려고 타라스가 있는 곳에서 달려왔다. 밭에 나가 여기저기 친구를 찾아보았으나 어디에도 없었고, 구멍 하나만 있었다. 그래서 목초지로 가 보았더니 늪에서 잘린 동료의 꼬리만 발견했을 뿐이었다. 그리고 호밀을 베어 낸 자리에서 또 하나의 구멍을 발견했다.

'아무래도 동료들에게 나쁜 일이 생긴 게 분명해. 그렇다면 내가 그들을 대신해서 그 바보 녀석을 혼내 줘야지.'

도깨비는 이렇게 생각하고 이반을 찾으러 갔다. 그러나 이반은 벌써 들일을 마치고 숲속에서 나뭇가지를 치고 있었다.

이반의 두 형들은 같이 사는 것이 좁게 느껴지자 각자 따로 살 집을 지을 나무를 베어 오라고 이반에게 명령했다.

도깨비는 숲속으로 달려가 나무에 기어오른 다음 이반이 나뭇가지를 베어 눕히는 것을 방해하기 시작했다. 이반은 될 수 있는 한 나무가 아무것도 없는 빈 땅에 쓰러지도록 베려고 했으나, 이상하게 나무가 다른 방향으로 쓰러져 나뭇가지에 걸리는 것이었다. 이반은 지렛대를 만들어 여기저기로 그 방향을 틀어 겨우 나무를 쓰러뜨렸다. 이반은 다른 나무를 베었다. 마찬가지로 가까스로 나무를 쓰러뜨렸다. 그리고 세 번째 나무도 역시 마찬가지였다.

이반은 한 50그루쯤 벌목할 생각이었으나 고작 10그루도 베지 못했는데 날이 어두워지고 있었다. 그리고 너무 지쳐 있었다. 그의 몸에서 마치 숲에서 안개가 피어오르는 것처럼 김이 무럭무럭 났지만 그는 쉬지 않고 계속 일을 했다. 그는 또 한 그루를 베어 눕혔다. 그러자 힘이 빠지고 등이 쑤시기 시작하여 더 이상 도끼질을 할 수가 없었다. 그래서 도끼를 박아 놓고 조금 쉬려고 앉았다. 도깨비는 이반이 조용해진 것을 듣고 기뻐했다.

'그러면 그렇지. 이제는 지쳤으니 그만두겠지. 이젠 좀 쉬어 볼까.'

도깨비는 나뭇가지에 걸터앉아 내심 기뻐하고 있었다. 그런데 이반은 일어나서 다시 도끼를 들고 반대쪽에서 나무를 내리쳤다. 나무는 우지직 소리를 내며 곧바로 쿵 하고 쓰러졌다. 도깨비는 너무나 갑작스러운 일을 당해 미처 발을 뺄 겨를도 없이 가지가 부러지면서 발이 그 사이에 끼고 말았다.

도깨비를 보자 이반은 깜짝 놀랐다.

"아니, 이런 고약한 놈이 있나. 또 나타났구나!"

"내가 아닙니다. 당신의 형님 타라스에게 붙어 있었던 놈이에요."

"그래서? 네놈이 누구든 혼쭐을 내줄 테다."

이반은 도끼를 번쩍 치켜들어 등으로 내리쳐 도깨비를 죽이려고 했다. 도깨비는 쩔쩔매며 애원했다.

"제발 죽이지 마십시오. 원하는 것은 무엇이든 하겠습니다."

"대체 네가 무엇을 할 수 있다는 거냐?"

"나는 당신이 원하는 만큼의 돈을 만들어 드릴 수가 있습니다."

"그럼, 어디 한번 만들어 보아라."

그래서 도깨비는 이반에게 가르쳐 주었다.

"이 떡갈나무 잎을 들고 두 손으로 문지르십시오. 그러면 금화가 땅바닥에 떨어질 것입니다."

이반은 나뭇잎을 들고 문지르기 시작했다. 그랬더니 과연 누런 금화가 잔뜩 쏟아지는 것이었다.

"그것 아이들하고 놀 때 좋겠군."

"그러면 저를 놓아주세요." 도깨비가 말했다.

"좋아, 놓아주지!"

이반은 지렛대를 들고 도깨비를 나무 사이에서 빼내 주었다.

"잘 가거라."

이반의 말이 떨어지자마자 도깨비는 물속에 돌이 던져진 것처럼 금방 땅속으로 사라져 버리고 구멍 하나만 남았다.

6

형제들은 집을 지어 따로따로 살기 시작했다. 이반은 들일을 다 마치고 맥주를 만들어 형님들을 초대했다. 그러나 형들은 이반의 초대를 무시하며 이렇게 말했다.

"우리는 농부들의 잔치를 본 적이 없다."

이반은 농부들과 아낙네들을 불러 잔치를 베풀고 자기도 마셨다. 그리고 술이 거나하게 취하자 춤판이 벌어진 한길로 나갔다. 이반은 춤판으로 다가가 여자들에게 자기를 칭찬해 달라고 청했다.

"그러면 나는 여러분이 여태까지 한 번도 본 적이 없는 일을 보여 주겠어요."

여자들은 모두 웃음을 짓고는 그를 칭찬하기 시작했다. 그러고 나서 이렇게 말했다.

"이제는 저희들에게 보여 주셔야지요."

"알았어요. 곧 가져올게요."

그는 씨앗 상자를 가지고 숲 쪽으로 뛰어갔다. 여자들은 그 광경을 보고, "어머나, 저 바보 좀 보게!" 하고 비웃었다. 그러고는 곧 그의 일을 잊어버렸다.

잠시 후 이반은 무엇인가를 가득 채운 씨앗 상자를 들고 돌아왔다.

"나누어 줄까요?"

"어디 나누어 줘 봐요."

이반은 금화를 한 주먹 쥐어 여자들에게 던졌다. 금화가 여자들 앞에 떨어지자 갑자기 소란스러워졌다. 여자들은 서로 금화를 주우려고 몰려들었다. 농부들도 앞을 다투어 몰려왔고 금화를 잡으려고 난장판이 되었다. 어떤 노파는 하마터면 깔려 죽을 뻔했다. 이반은 이 광경을 보고 계속 웃어 댔다.

"밀치지들 말아요. 노인이 깔릴 뻔했잖아요. 더 가져다 줄게요."

그는 다시 금화를 뿌리기 시작했고 수많은 사람들이 몰려들었다. 이반은 상자에 있는 것을 모두 뿌렸지만 모인 사람들은 더 달라고 난리였다. 그래서 이반이 말했다.

"이제는 없어요. 다음에 또 주지요. 자, 이제는 춤을 출까요. 재미있는 노래를 불러 봐요."

여자들은 노래를 부르기 시작했다.

"여러분의 노래는 재미가 없는데요."

"그럼 어떤 노래가 더 좋겠어요?"

"내가 보여 주지요."

이반은 그렇게 말하고 헛간으로 가서 호밀 단을 하나 들고 알곡을 털어 버리고는 그것을 세워 놓고 치며 말했다.

"내 종의 명령이노라. 묶은 단 그대로가 아닌 호밀짚 수만큼 병정이 되어라."

그러자 호밀 단이 흩어져서 군병이 되더니 북과 나팔을 불었다. 이반은 군병들에게 노래를 부르라고 명령하고 그들과 함께 길로 행진했다. 사람들은 눈이 휘둥그레졌고 군병들은 잠시 노래를 부르며 놀았다. 그리고 이반은 누구도 자기를 따라와서는 안 된다고 말하곤 그들을 다시 헛간으로 데리고 가 군병을 원래대로 호밀 단이 되게 하고 그것을 건초 더미 위에 던졌다. 그리고 집으로 돌아와 잠자리에 들었다.

7

다음 날 아침, 맏형인 세몬이 어제 일어났던 사건을 듣고 이반을 찾아왔다.

"나에게 모두 얘기해라. 너는 도대체 그 군병을 어디서 데려와서 어디로 데려갔지?"

"그걸 무엇에 쓰려고요?"

"무얼 하려느냐고? 군병만 있으면 뭐든지 할 수 있어. 한 나라를 얻을 수도 있다고."

이반은 깜짝 놀랐다.

"왜 빨리 말하지 않으셨어요? 원하는 만큼 만들어 드리죠. 누이동생과 함께 호밀 단을 많이 마련해 두었으니까요."

이반은 맏형을 헛간으로 데리고 가서 이렇게 말했다.

"군병은 원하는 대로 만들어 드릴게요. 그렇지만 군병을 데리고 떠나야 해요. 그렇지 않고 그 군병들을 먹여 살리려면 하루에 온 마을의 양식이 다 없어지니까요."

군인인 세몬은 군병을 다 데리고 가겠노라고 약속했다. 그래서 이반은 군병들을 만들어 내기 시작했다. 그는 호밀 단을 탈곡장에 내리쳤고 그러자 1개 중대의 군병이 나타났다. 또 한 번 내리치니 또 1개 중대가 되었다. 그렇게 그는 온 들판을 가득 메울 만큼 많은 군병을 만들어 냈다.

"어때요? 이제는 됐어요?"

세몬은 기뻐 어쩔 줄을 몰라하며 말했다.

"됐어. 고맙다, 이반."

"뭘요, 만일 더 필요하시면 언제든지 오세요. 얼마든지 만들어 드릴게요. 요즘은 호밀짚이 많이 있거든요."

군인인 세몬은 군대를 통솔하여 행렬을 갖추고 싸움터로 나갔다. 군인인 세몬이 떠나자 이번에는 배불뚝이 타라스가 찾아왔다. 그도 어제의 사건을 알고 있었던 것이다. 그래서 이반에게 간청하기 시작했다.

"그래, 그 금화를 어디서 가져왔는지 내게 털어놔 봐라. 만일 나에게 마음대로 쓸 수 있는 그런 돈이 있었다면 나는 그걸로 온 세상의 돈을 모았을 텐데 말이다."

이반은 깜짝 놀랐다.

"그래요? 진작 말을 하지 않고요. 형님이 원하시는 대로 해 드리겠습니다."

형은 매우 기뻐했다.

"나는 씨앗 상자로 세 상자만 있으면 된다."

"그렇게 해 드리죠. 숲속으로 가시죠. 말을 준비해 가야지요. 운반하기가 힘들 테니까요."

두 형제는 숲으로 갔다. 이반은 참나무에서 잎을 따서 문지르기 시작했다. 금화가 뚝뚝 떨어져 수북이 쌓였다.

"이만하면 돼요?"

타라스는 기뻐서 어쩔 줄을 몰랐다.

"당장은 이만하면 충분하다. 고맙다, 이반."

"더 필요하실 때에는 언제든지 오세요. 얼마든지 만들어 드릴게요. 나뭇잎은 많이 있으니까요."

배불뚝이 타라스는 말에다 금화를 가득 싣고 장사를 하

러 떠났다. 이렇게 하여 두 형들은 떠났다. 군인인 세몬은 전쟁터로 가서 나라를 정복했고, 배불뚝이 타라스는 장사하러 떠나서 큰 재산을 모았다.

어느 날 이들 형제는 한자리에 모여서 세몬은 어디서 군대를 얻었는지, 또 타라스는 어디서 돈을 모으게 되었는지 숨김없이 서로에게 털어놓았다.

군인인 세몬은 아우에게 말했다.

"나는 나라를 얻어 잘 지내고 있기는 하지만 돈이 부족하단 말이야. 군병을 먹여 살릴 돈이 말이야."

그러자 배불뚝이 타라스가 말했다.

"나는 말이에요, 돈은 모았는데 한 가지 곤란한 일은 그것을 지켜 줄 자가 한 명도 없다는 사실입니다."

그때 세몬이 말했다.

"이반에게 찾아가 보자. 나는 녀석에게 군대를 더 만들게 하여 네 돈을 지키게 할 테니, 너는 군대를 먹여 살리게 돈을 만들어 달라고 부탁하는 거야."

이리하여 두 형제는 이반에게 찾아왔다. 이반의 집에 도착하자 세몬은 이렇게 말했다.

"이반아, 아무래도 군병이 좀 모자란다. 그러니 한두 짚단만이라도 군병들을 더 만들어 주었으면 좋겠다."

이반은 고개를 내저었다.

"안 돼요. 더 이상 군병들을 만들어 드리지 않겠어요."

"왜 그러는 거야? 지난번에는 필요할 땐 얼마든지 만들어 주겠다고 말했잖아?"

"그랬죠. 그렇지만 이제는 더 이상 만들어 드리지 않겠어요."

"도대체 왜 그래? 이 바보 녀석아!"

"왜냐하면 형님의 군병이 살인을 했기 때문이에요. 근래에 길가에 있는 밭을 갈고 있으려니 한 부인이 그 길로 관을 싣고 가면서 통곡하고 있잖아요. 그래서 누가 죽었냐고 물었죠. 그랬더니 그 부인이 '세몬의 군병들이 전쟁에서 내 남편을 죽여 버렸습니다.'라고 말하는 거예요. 군대란 노래만 하는 것으로 알았는데 사람을 죽였단 말이에요. 그러니까 나는 이제 더 이상 군병을 만들지 않기로 결심했어요."

이렇게 말하면서 이반은 더 이상 군병을 만들지 않았다.

한편 배불뚝이 타라스도 이반에게 금화를 더 만들어 달라고 사정했다. 이반은 고개를 내저으며 안 된다고 말했다.

"이제 더 이상 금화를 만들지 않겠어요."

"왜? 너는 처음에는 얼마든지 만들어 주겠다고 말했잖아?"

"약속은 했었죠. 하지만 이제는 더 이상 만들지 않겠어요."

"이 바보야! 어째서 만들지 않겠다는 거야?"

"왜냐하면 형님의 금화가 미하일로프에게서 암소를 빼앗아 갔기 때문이죠."

"어떻게 빼앗겼다는 거냐?"

"미하일로프에게 암소 한 마리가 있어서 어린아이들이 그 우유를 마시고 있었대요. 그런데 얼마 전에 그 아이들이 찾아와 우유를 달라고 계속 졸라 대는 거예요. 그래서 나는 그 아이들에게 '너희 암소는 어디에 있니?' 하고 물었더니, '타라스의 관리인이 찾아와 엄마에게 금화 세 닢을 주니 엄마가 그 사람에게 암소를 줘 버렸어요.'라고 말하더라고요. 그래서 그 아이들은 이제 먹을 우유가 없어졌어요. 나는 형님이 금화를 장난감으로 삼고 있는 줄 알았는데, 어린아이들에게서 암소를 빼앗아 가 버렸어요. 나는 이제 절대로 형님에게 금화를 만들어 드리지 않겠어요."

이반은 좀처럼 자기 고집을 꺾지 않고 더 이상 금화를 만들어 주지 않았다. 그래서 두 형들은 헛수고만 하고 그곳을 떠났다. 돌아가는 길에 어떤 방법으로 서로의 곤경을 도울 것인가에 대하여 의논했다.

세몬이 이렇게 말했다.

"이러면 어떨까? 네가 나에게 군병들을 먹여 살릴 돈을 주고, 나는 너에게 군대 절반을 보낼게. 네 재산을 지키도록 말이다."

타라스도 동의했다. 두 형제는 가지고 있는 소유를 나누어 갖고, 둘이 다 같이 임금이 되고 부자가 되었다.

8

그러나 이반은 줄곧 자기 집에 살면서 부모를 섬기고 벙어리 누이동생과 함께 들에서 일을 하며 살았다.

그러던 어느 날 이반네 집의 늙은 개가 병들어 죽을 지경이 되자 이반은 그 개를 가엾게 여기고 벙어리 누이에게서 빵을 받아 모자 속에 넣어 가지고 개에게 던져 주었다. 그런데 모자에 구멍이 뚫려서 빵과 함께 조그만 뿌리 가지 하나가 땅에 떨어졌다. 늙은 개는 빵과 함께 그 뿌리도 먹어 버렸다. 그 뿌리를 먹자마자 갑자기 뛰어오르고 장난을 치기도 하며, 힘차게 짖어 대고 꼬리를 흔들기도 했다. 병이 깨끗이 나은 것이다.

부모들은 깜짝 놀랐다.

"너는 무엇으로 개를 고쳤느냐?"

그러자 이반은 이렇게 말했다.

"저는 어떤 병이든 고칠 수 있는 뿌리를 두 개 가지고 있었는데, 개가 그 뿌리 하나를 먹어 버렸어요."

그 무렵 임금의 딸이 병을 얻어 누워 있었다. 임금은 방방곡곡에 방을 붙여 누구든 공주의 병을 고치는 자에게는 큰 상을 내릴 것이며, 만일 그 사람이 미혼자라면 사위로 삼겠다고 하였다. 이반이 사는 마을에도 물론 이 방이 붙었다.

부모는 이반을 불러 놓고 이렇게 말했다.

"너도 임금의 방문榜文에 대해서 들었겠지? 너에게 모든 병을 고치는 풀뿌리가 있다고 했으니, 한번 가서 공주의 병을 고쳐 보아라. 그러면 너는 평생 영화를 누리게 될 게 아니냐."

"그럼 부모님 말씀대로 하죠."

이반은 곧바로 떠날 준비를 했다. 부모들이 나들이옷을 입혀 주었다. 이반이 문간으로 나갔는데 그곳에 손이 굽은 여자 거지가 서 있었다.

"소문에 당신은 어떤 병이든 다 고칠 수 있다고 들었는데 내 손도 좀 고쳐 주세요. 이대로는 제 신발도 신지 못해요."

"고쳐 주지."

이반은 풀뿌리를 꺼내어 여자 거지에게 주며 삼키라고 말했다. 여자 거지는 그것을 받아먹었다. 그러자 갑자기 그 여자의 병이 나아 그 자리에서 손을 흔들었다. 아버지와 어머니는 이반을 배웅하러 나왔다가 이반이 한 개밖에 없는 풀뿌리를 여자 거지에게 주어서 공주님을 고칠 수 없게 되었음을 알고 노발대발하였다.

"그래 거지 따위는 가엾게 여기고 공주는 가엾지 않으냐?"

그러자 이반은 공주도 가엾게 생각되었다. 그는 말에 수레를 채우고 짚을 실은 다음 떠나려고 앉았다.

"도대체 지금 어디로 가려는 거냐! 이 바보 녀석아!"

"공주님을 고쳐 드리려고 떠나는 거죠."

"그러나 너에게 고쳐 드릴 풀뿌리가 없지 않으냐?"

"걱정할 것 없어요."

이렇게 말하고 그는 말을 몰았다. 이반이 궁궐 문 앞에 내려서자마자 금세 공주의 병이 나아 버렸다. 임금님은 크게 기뻐하여 사신에게 명령하여 이반을 불러들이라고 이르고 훌륭한 옷을 입혔다.

"지금부터 그대는 짐의 사위로다."

"황공하옵니다."

그리하여 그는 공주와 결혼을 했고 얼마 후 임금이 죽었고 그래서 이반은 임금이 되었다. 이리하여 세 형제 모두 임금이 되었다.

9

세 형제는 각기 나라를 다스리고 있었다.

맏형인 군인 세몬은 그야말로 풍요롭게 살고 있었다. 그는 짚으로 만든 군병을 기반으로 진짜 군병을 모집했다. 그리고 10가구당 군병 한 명씩을 차출하되, 그 군병은 키가 커야 하고 살갗이 희며 얼굴이 잘생겨야 한다고 온 나라에 명령을 내렸다. 그는 군병을 많이 모집하여 모두 잘 훈련시켜 놓았다. 이렇게 하여 누구든 그에게 대항하는 자가 있으면 군병들을 보내 복종하도록 만들었다. 그래서 모든 사람들은 그를 두려워하게 되었다.

그의 생활은 정말로 훌륭했다. 그가 생각하는 것, 그의 눈에 보이는 것은 당장 그의 소유가 되었다. 군대만 보내면 그가 원하는 것은 무엇이나 탈취하여 가져오기도 끌고 오기도 하는 것이었다.

배불뚝이 타라스의 생활도 호화롭기 그지없었다. 그는 이반에게서 얻은 돈을 낭비하지 않고 그것을 밑천으로 큰 재산을 모았다. 그는 자기 나라에 그럴듯한 법을 만들었다. 그는 자기 돈은 금고에 넣어 두고 백성에게서 교묘히 돈을 뽑아 냈다. 인두세人頭稅, 주세酒稅, 결혼세, 장례세, 통행세, 거

마세를 비롯하여 짚신세, 각반세, 치장세에 이르기까지 고 안해 낼 수 있는 온갖 세금을 다 물렸다. 백성들은 늘 돈이 필요했기 때문에 무엇이든 그에게 가져가 돈을 마련했고, 때 론 일을 하기 위해 그에게로 몰려들었다.

바보 이반의 생활도 그다지 나쁘지는 않았다. 임금의 장례 가 끝나자 그는 임금의 의대衣帶를 벗어던지고 그것을 왕비 의 옷장에 간직했다. 그리고 자기는 다시 삼베옷에 짚신을 신고 일을 시작했다.

"나는 도무지 따분해서 못 견디겠어. 배만 자꾸 커지고 입 맛도 없고 잠도 오지 않고 말이야."

그래서 그는 부모와 벙어리인 누이를 불러오고, 또 옛날처 럼 일을 시작했다. 사람들은 그에게 이렇게 말했다.

"그러나 당신은 임금님이 아니십니까?"

"상관없어. 임금님도 먹어야 하니까!"

대신들이 들어와 이렇게 말했다.

"임금을 지불할 국고금이 없사옵니다."

"걱정할 것 없소. 돈이 없으면 주지 않으면 그만이잖소."

"그러면 아무도 일을 하지 않게 될 것입니다."

"그러면 좋을 대로 하라시오. 일을 안 해도 좋소. 결국 자 유롭게 일을 하게 될 테니까. 거름이나 가져오라고 하시오.

그자들이 거름을 많이 만들어 놓았을 테니."

백성들이 이반에게 재판을 해 달라고 찾아왔다. 한 사람이 이렇게 말했다.

"이놈이 제 돈을 훔쳤사옵니다."

그러자 이반이 말했다.

"아, 그래? 그렇다면 이 사람이 돈이 필요했던 게지."

모든 사람은 이반이 바보라는 것을 알게 되었다. 그래서 왕비는 그에게 말했다.

"모두들 당신을 바보라고 말하고 있사옵니다."

"아, 괜찮아요."

이반의 아내는 생각에 생각을 거듭했으나 역시 그녀도 바보였다.

"제가 어떻게 남편을 거역할 수 있겠습니까? 바늘이 가는 대로 실은 따라가야 하니까요."

이렇게 말하고 그녀도 왕비의 옷을 벗어 옷장 속에 넣어 두고 벙어리 처녀에게 농사일을 배우러 갔다. 그리고 일을 다 배운 다음 남편을 돕기 시작했다.

이반의 나라에서 똑똑한 사람들은 모두 떠나 버리고 남은 사람들은 모두 바보들뿐이었다. 돈이란 것은 어느 누구에게 도 없었다. 모두가 스스로 일을 하여 먹고 살았으며 더불어 이웃 사람들도 먹여 살리면서 살아갔다.

10

도깨비 두목은 작은 도깨비들이 어떻게 세 형제를 파멸시 켰는지에 대한 소식이 오기를 학수고대하고 있었다. 그러나 아무런 소식도 없었다. 그래서 어찌 된 까닭인지 알아볼 양 으로 자기가 직접 나서서 이곳저곳 찾아다녔지만, 겨우 찾 아낸 것은 세 개의 구멍뿐이었다.

"음, 아무래도 실패한 게로군. 그렇다면 내가 직접 해치울 수밖에 없지."

그는 세 형제를 찾으러 갔으나 그들은 이미 옛날에 살던 곳에는 없었다. 그는 세 형제를 각기 다른 곳에서 찾아냈다. 셋은 모두 건재하고 다 나라를 다스리고 있었다. 큰 도깨비 는 화가 치밀었다.

"할 수 없군. 내가 직접 나서야겠는걸."

두목 도깨비는 이렇게 말하고 우선 군인인 세몬의 나라로 갔다. 자기 모습 그대로가 아닌 장군으로 위장하여 세몬 왕 을 찾아간 것이다.

"세몬 왕께서는 훌륭한 군인이라고 들었습니다. 그리고 신臣도 군사와 전쟁에 대해선 확고히 익힌 바가 있사와 전하를 섬기고자 합니다."

세몬 임금은 그에게 여러 가지를 물은 다음 그가 현명한 사람임을 알고 채용하기로 했다. 새로 기용된 장군은 강력한 군대를 만드는 방법을 세몬 왕에게 알려 주기 시작했다.

"첫째로 더 많은 군병을 모집해야 할 필요가 있습니다. 왜냐하면 이 나라에는 할 일 없이 지내는 백성이 너무 많습니다. 젊은 사람들은 누구를 막론하고 모두 징집하셔야 합니다. 그렇게 되면 군대는 예전보다 5배는 될 것입니다. 둘째로 최신식 소총과 대포를 만드셔야만 합니다. 마치 콩알을 사방으로 뿌리듯이 단번에 100발의 총알이 나가는 소총을 만들겠습니다. 그리고 무엇이나 태워 버리는 그런 대포도 만들겠습니다. 이 대포는 사람이나 성이나 할 것 없이 모든 것을 태워 버리고 말 것입니다."

세몬 임금은 새로 채용한 장군의 제안을 받아들였다. 그래서 젊은이들은 모두 군대에 징집할 것을 명령했고, 또 공장을 세워 신식 소총과 대포를 만들었다. 그리고 곧 이웃 나라의 임금에게 싸움을 걸었다. 싸움이 시작되자마자 세몬 임금은 군병들에게 적군을 향해 총포를 퍼부으라고 명령하여 단번에 쳐부수고 그 절반을 불태워 버렸다. 이웃 나라 임금은 곧 항복하고 자기 나라를 바쳤다. 세몬은 매우 기뻐하며 말했다.

"이번에는 인도의 왕을 정복해야지."

그런데 인도 임금은 세몬의 소문을 듣고는 그의 전술 전략을 완전히 파악하고 또 자기 나름의 계략을 생각했다. 인도 임금은 젊은 청년뿐만 아니라 혼자 사는 여자들까지 모조리 군사로 뽑았다. 그리하여 그의 군사는 세몬의 군사보다 훨씬 많아졌다. 더욱이 그는 세몬 나라의 소총과 대포 만드는 법을 습득했을 뿐만 아니라 공중을 날아 위에서 폭탄을 투하하는 것까지 고안해 냈다.

세몬 임금은 인도 임금에게 싸움을 걸었다. 그리고 지난번같이 정복할 것이라 생각했다. 그러나 예리한 낫도 언제까지 예리한 것은 아니었다. 인도 임금은 세몬의 군대가 사정권 안에까지 들어오지 못하게 하고, 공중에서 폭탄을 투하하도록 여군사들을 기구에 태워 하늘로 보냈다. 여군사들은 마치 바퀴벌레에다 약을 뿌리기라도 하듯이 공중에서 세몬의 군대에 폭탄을 퍼붓기 시작했다. 세몬의 군대는 혼비백산하여 뿔뿔이 달아나고 세몬 임금만 남아 있을 뿐이었다. 인도의 임금은 세몬의 나라를 빼앗고, 군인인 세몬은 정신

없이 도망쳐 버렸다.

도깨비 두목은 맏형을 해치우자 이번에는 타라스 임금에게 찾아갔다. 그는 상인으로 변장하여 타라스의 나라에 자리를 잡고, 자기 일을 시작하여 사람들에게 돈을 뿌리기 시작했다.

이 상인은 모두 물건을 비싼 값으로 사 주었기 때문에 온백성들은 돈을 벌기 위해 이 상인에게로 몰려들었다. 이리하여 백성들의 사정은 좋아졌고, 돈 사정이 좋아지니 체납금도 지불하고, 어떤 세금이든 기한 내에 바치게 되었다.

타라스 임금은 매우 기뻐하며 생각했다.

'참 고마운 상인이군. 나에겐 점점 더 많은 돈이 불어날거고, 내 생활은 더욱 훌륭해질 거야.'

그리하여 타라스 임금은 새로운 계획을 세우고 자기를 위해 새 궁전을 짓기 시작했다. 그는 백성들에게 목재며 돌을 나르고 일을 하는 대가로 비싼 품삯을 쳐주겠노라고 약속했다. 타라스 임금은 전과 마찬가지로 자신의 돈 때문에 백성들이 일하러 몰려올 것이라고 생각했다. 그런데 목재며 돌은 모두 그 상인한테 실어 가고, 또 일꾼들도 모조리 그 사람에게로 몰려가고 있는 것이 아닌가.

타라스 임금은 품삯을 대폭 올렸지만 상인은 더 많은 돈을 뿌렸다. 타라스 임금은 많은 돈을 가지고 있었지만, 상인은 더 많은 돈을 갖고 있었다. 그래서 상인은 임금보다 품삯을 더 많이 주었다.

궁전은 착공만 해 놓고 좀처럼 준공되지 못하고 있었다. 타라스 임금은 또 정원을 만들기로 했고 가을이 되자 백성들에게 정원을 만들러 오라고 명령을 했다. 그러나 아무도 오지 않았다. 백성들은 그 상인의 연못을 파러 몰려갔고 겨울이 왔다. 타라스 임금은 새로운 모피 코트를 만들기 위해 검은담비의 가죽을 사야겠다고 생각하여 신하를 보내 사오라고 했으나 신하가 돌아와서 이렇게 말했다.

"그 상인이 모조리 사 버려서 담비는 없사옵니다. 그자는 비싼 값을 주고, 담비 가죽으로 양탄자를 만들었다 하옵니다."

타라스 임금은 종마種馬를 사야겠다고 생각했다. 그래서 종마를 사러 보냈더니 모두 돌아와서 말하기를, 좋은 말들은 모두 그자에게 있으며 그 말들은 상인의 연못을 채울 물을 나르고 있다고 말했다.

모두들 임금의 일은 아무것도 하지 않고, 상인의 일이라면 어떠한 일도 거들었으며, 그 상인으로부터 번 돈으로 임금에게 세금을 냈다.

그리하여 임금은 돈이 너무 많아 그것을 간수할 곳이 없을 정도였다. 그러나 생활은 점점 불편해지기 시작했다.

임금은 이제 다른 계획을 그만두고 당장 살아갈 궁리를 하게 되었다. 마침내 생활하기도 어렵게 되었으며, 모든 것이 궁색해졌다. 요리사들도, 하인들도, 마부도, 여자들도 모두 상인 쪽으로 가기 시작했다.

이쯤 되고 보니 식량까지 모자라기 시작했다. 시장으로 사람을 보냈으나 아무것도 살 수가 없었다. 모든 물건들은 그 상인이 몽땅 사 버렸기 때문이다. 임금은 그저 세금을 돈으로 받아들일 뿐이었다.

타라스 임금은 매우 화가 나서 상인을 나라 밖으로 추방해 버렸다. 그러나 상인은 국경에 버티고 앉아 여전히 똑같은 일을 하고 있었고 사람들은 상인의 돈을 보고 임금에게서 상인에게로 몰려갔다. 임금의 사정은 매우 심각해졌다. 며칠씩 먹지도 못한 데다가, 소문에 의하면 상인은 임금에게서 왕비를 사려고 한다는 것이었다. 타라스 임금은 소심해져서 어떻게 해야 할지를 몰랐다.

어느 날, 군인인 세몬이 동생인 타라스를 찾아와서 말했다.

"날 좀 도와 다오. 나는 인도 왕에게 패배했어."

그러나 배불뚝이 타라스 자신도 뱃가죽이 등뼈에 달라붙

을 지경이었다.

"나도 벌써 이틀이나 굶고 있는 형편이에요."

11

두목 도깨비는 두 형제를 궁지에 몰아넣고, 이번에는 장군으로 변장하여 이반에게 찾아가 군대를 조직할 것을 권했다.

"임금께서 군대도 없이 지내신다는 것은 위신이 서지 않는 일인 줄로 아옵니다. 명령만 내리신다면 저는 임금의 백성 중에서 군병들을 모집하여 훌륭한 군대를 만들어 드리겠습니다."

이반은 그의 말을 듣고 말했다.

"그것도 맞는 말이오. 그럼 만들어 보오. 그리고 군병들이 노래를 잘 부르도록 훈련하시오. 나는 그걸 제일 좋아하니까."

두목 도깨비는 이반의 나라를 돌아다니면서 지원병을 모집하기 시작했다. 군대에 지원하는 자는 누구에게나 비싼 술 한 병과 빨간 모자를 주겠다고 말하였다. 그러나 바보들은 비웃으며 말했다.

"술 따위는 우리에게 얼마든지 있어. 술은 우리 손으로 만드니까 말이야. 그리고 모자도 어떤 것이든 여자들이 모두 만들어 주는걸. 알록달록한 것이나 레이스가 달린 것까지도 말이야."

그리하여 어느 누구 하나 군대에 지원하는 자는 없었다. 도깨비 두목은 이반을 다시 찾아왔다.

"임금의 나라에서 바보들은 자원해서 군병이 되려고 하지 않사옵니다. 그러니 무력을 써서라도 그들을 끌고 와야 하옵니다."

"그래, 그것 참 좋은 생각이군. 그럼 무력을 써서 군대를 만들어 보오."

그래서 두목 도깨비는 바보들은 모두 군병이 되어야 하며, 만약 명령을 거역하는 자는 이반 임금께서 사형을 내릴 것이라고 포고령을 내렸다.

바보들은 장군에게 몰려와 이렇게 말했다.

"만일 우리들이 군병이 되지 않으면 임금께서 사형을 내리실 것이라고 말씀하시는데, 그럼 군대에 지원하게 되면 어떻게 된다는 것은 말해 주지 않았소? 군병이 되면 목숨을 잃는다고 하던데."

"그렇지. 그럴 수도 있을 것이다."

그 말을 듣자 바보들은 고집을 부리며 응하지 않았다.

"그렇다면 우리는 나가지 않겠습니다. 그렇게 될 바에는 차라리 집에서 죽어야겠어요. 죽기는 어차피 마찬가지니까."

"네 놈들은 정말 바보들이구나. 군병이 되었다고 반드시 죽는 것은 아니야. 그러나 군병이 되지 않으면 이반 왕에게 죽음을 당하고 말 것이다."

바보들은 곰곰이 생각하다가 바보 이반 왕에게 물어보러 갔다.

"장군님께서 오셔서 우리들에게 모두 군병이 되라고 명령하고 계시옵니다. 군대에 나가면 죽을지 살지는 모르지만, 나가지 않으면 이반 왕께서 우리를 사형에 처한다고 말씀하셨다는데 그게 정말이옵니까?"

이반은 껄껄 웃었다.

"어찌 나 혼자서 그대들 전부를 죽일 수 있겠느냐? 내가 만일 바보가 아니었다면 그대들에게 잘 설명하여 주련만, 나 자신도 어떻게 된 영문인지 알 수 없으니 말이다."

"그러면 우리들은 군대에 나가지 않겠습니다요."

"마음대로 하구려. 안 나가도 좋아."

바보들은 장군에게 가서 군병이 되기를 거절하였다.

두목 도깨비는 일이 잘되지 않음을 알고 이웃 나라의 타라칸 왕에게 가서 아첨하며 싸움을 부추겼다.

"이번 기회에 싸움을 걸어서 이반 왕을 정복해 버립시다. 그 나라에는 돈은 없지만 곡식이나 가축 등 모든 것이 풍부합니다."

타라칸 왕은 싸움을 벌이기로 결정했다. 먼저 군사를 크게 모으고, 총과 대포를 준비하여 국경을 넘어 이반의 나라에 침입하기 시작했다. 사람들은 이반에게 이렇게 말했다.

"임금님, 타라칸 왕이 싸움을 시작했습니다."

"뭐, 별일이야 있으려고. 싸움을 할 테면 하라지."

타라칸 왕은 국경을 넘어 먼저 선발대를 파견하여 이반 군대의 동정을 은밀히 살피게 했다. 척후병은 이곳저곳을 돌아다녔지만 군병 같은 것은 어디에도 보이지 않았다. 그러나 어디에서 갑자기 군병이 나타날지 모른다고 생각하여 오래 기다렸으나 군대에 대해서는 소문조차도 들을 수가 없었다. 싸우려 해도 싸울 상대가 없었다.

타라칸 왕은 군병들을 보내어 마을을 점령하게 했다. 군병들이 한 마을에 들이닥쳤다. 그러자 바보들이 뛰어나와 군사들을 바라보며 놀라워했다. 군사들은 바보들에게서 곡식이나 가축을 약탈했지만 바보들은 무엇이나 거리낌 없이 흔

쾌히 내주었고, 어느 누구도 자기 자신을 방어하지 않았다.

군병들은 다른 마을로 가 보았으나 거기도 마찬가지였다. 군병들은 그날도 다음 날도 여러 마을을 돌아다니며 조사해 보았으나 마찬가지였다. 있는 것은 다 내주고 어느 한 사람도 애써 자기를 지키려 하지 않았다. 오히려 와서 자기들과 함께 살자고 권유를 하였다.

"이것 보세요, 만일 당신의 나라에서 살기가 곤란하시거든 모두 우리나라에 와서 사세요."

군병들은 여기저기 돌아다니면서 조사해 보았으나 어디에도 군대 같은 것은 보이지 않았고, 백성들은 모두 스스로 일해서 먹고 살았으며 남도 먹여 살리고, 또 제 한 목숨을 지키겠다는 생각은 아예 없었다. 더욱이 이곳에 와서 살라고 권유할 뿐이었다. 군병들은 차츰 따분해지기 시작했고 그리하여 타라칸 왕에게 가서 말했다.

"우리들은 전쟁을 할 수가 없습니다. 우리들을 다른 나라로 보내 주십시오. 전쟁이 일어났으면 좋겠는데, 이 나라에서는 마치 약하고 힘없는 사람을 참살하는 것 같아 더 이상 싸울 수가 없습니다."

타라칸 왕은 화가 치밀어 군병들에게 명령했다.

"온 마을을 돌아다니면서 들쑤셔놓고, 집과 곡식을 불사

르고 가축들을 죽여 버려라. 만일 내 명령에 불복하는 놈이 있으면 누구를 막론하고 모두 처벌할 것이다."

군병들은 어명에 놀라 나라를 돌아다니며 임금의 명령대로 실행하기 시작했다. 그들은 집이나 곡식을 불태우고, 가축들을 닥치는 대로 죽이기 시작했다. 그래도 바보들은 자기를 지키려고 하지 않고 다만 울고만 있었다. 남녀노소 할 것 없이 모두 울었다.

"무엇 때문에 당신들은 우리를 괴롭히는 겁니까? 당신들은 선을 악으로 갚으시려는 겁니까? 무엇이든 필요하면 차라리 갖고 가는 편이 나을 텐데요."

군병들의 마음은 왠지 우울해졌다. 그래서 더 이상 마을을 돌아다니지 않았고 마침내 모두 다 흩어지고 말았다.

12

그리하여 두목 도깨비는 떠나 버렸다. 군대의 힘으로는 이반에게 아무런 영향도 주지 못했다. 두목 도깨비는 다시 멋진 신사로 위장하여 이반의 나라에 살러 왔다. 배불뚝이 타라스처럼 돈으로 그를 괴롭히려고 생각했던 것이다.

"나는 훌륭한 지식을 가르쳐서 당신에게 도움이 되고자 합니다. 먼저 이 나라에 집을 짓고 장사를 시작하겠습니다."

"그것 좋은 생각이오. 그럼 여기서 사시죠."

신사는 하룻밤을 지내고 다음 날 아침, 금화가 들어 있는 커다란 자루와 종이를 가지고 광장에 나가서 이렇게 말했다.

"여러분은 마치 돼지처럼 생활하고 있습니다. 그래서 나는 여러분들에게 어떻게 살아가야 하는지를 알려 드리고자 합니다. 먼저 이 도면처럼 집을 지어 보십시오. 내가 지시하는 대로 일을 하면 여러분에게 이 금화를 드리겠습니다."

그렇게 말하고 그는 금화를 보여 주었다. 바보들은 놀랐다. 그 이유는 그들에게는 돈이란 것은 없었기 때문이다. 그들은 돈 대신 필요한 것은 서로 물물교환을 하고, 일할 때에는 공동으로 하였다. 그들은 금화에 반했다.

"그것 참 좋은데. 장난감으론 그만이야."

그리고 그들은 모든 물건과 노동력을 신사의 금화와 바꾸려고 그에게로 몰려갔다. 두목 도깨비는 타라스의 나라에서 했던 것처럼 누런 금화를 마구 뿌려 대기 시작했다. 그러자 사람들은 금화와 물건을 바꾸기도 하고, 온갖 일을 해 주고 금화를 받기도 했다. 두목 도깨비는 속으로 신이 나서 이렇게 생각했다.

'이 정도면 내가 하는 일이 잘되어 가는 거야. 바보 이반을 타라스처럼 망하게 만들어야지. 녀석이 다시는 일어나지 못하게 할 거야!'

그런데 바보들은 금화를 갖자마자 여자들에게 목걸이 감으로 나누어 주기도 하고, 여자애들의 장식으로 쓰기도 했으며, 심지어 아이들까지 금화를 가지고 놀았다. 그들에게 많은 금화가 생기자 더 얻으려고 하지 않았다. 신사의 그 궁궐 같은 집은 아직 반도 완성되지 않았으며 곡식과 가축도 일 년분이 채 못 되었다. 그래서 신사는 자기에게로 일을 하러 오거나, 음식이나 가축을 가지고 오거나, 어떤 물건이나 어떤 노역이라도 하면 그 값으로 많은 금화를 주겠다고 했다.

그러나 어느 누구도 일하러 가는 자가 없었고 무엇 하나 가지고 가는 자가 없었다. 가끔 아이들이 달걀을 가져와서 금화를 바꾸어 가는 정도였으며, 그 외에는 아무도 찾아오는 사람이 없었다. 그래서 먹을 것마저 부족하게 되었고 이 멋진 신사는 배가 고파서 먹을 것을 구하려고 마을 안을 돌아다녔다. 그러다가 어느 집으로 들어가 닭을 사려고 금화를 내보였다. 그러나 여주인은 그것을 받으려 하지 않았다.

"우리 집에도 그런 것은 많이 있어요."

이번에는 혼자 사는 농부 집에 들러 생선을 살 양으로 금화를 내밀었다.

"이런 것 필요 없어요. 아이들이 없어서 가지고 놀 사람도 없죠. 모두들 귀한 물건이라고 해서 나도 세 닢은 가지고 있죠."

두목 도깨비는 빵을 사려고 농부의 집에 들러 금화를 내밀었다. 그러나 이 농부도 금화를 받지 않았다.

"우리 집에 금화는 필요 없어요. 그러나 예수님을 위한 일이라면 적선하지요. 잠깐만 기다려 주시오. 집사람에게 빵을 잘라 오도록 할 테니까요."

도깨비는 기분이 상해 침을 뱉고는 재빠르게 농부 집에서 도망쳐 나왔다. 예수님을 구실로 하는 선심을 받아들일 수는 없었다. 예수란 말을 듣는 것이 그로서는 칼보다 더 무서웠다.

이렇게 해서 빵도 얻지 못하고 말았다. 어디를 가든 어느 누구도 돈을 보고 무엇을 주려 하지 않고 다들 이렇게 말했다.

"무엇인가 다른 것을 가지고 오거나, 일을 하러 오거나, 아니면 예수님의 이름으로 적선을 바라고 동냥을 하러 오구려."

그러나 두목 도깨비는 금화 외에는 아무것도 가진 것이 없었다. 더군다나 일하기는 더욱 싫었으며 그렇다고 예수님의 이름으로 동냥을 할 수도 없었다. 두목 도깨비는 화가 났다.

"어찌 된 노릇이야. 돈은 필요한 건데. 돈만 있으면 무엇이든 살 수 있고 어떤 머슴이라도 부릴 수 있단 말이야."

그러나 바보들은 그 말을 들은 척도 않았으며, 오히려 이렇게 말하는 것이었다.

"정말 그런 건 필요 없어요. 여기서는 계산이나 세금 따위는 없으니까요. 한데 그까짓 돈이 무슨 필요가 있어요."

두목 도깨비는 저녁도 못 먹고 잠자리에 들었다.

이 일이 이반의 귀에 들어갔다. 백성들이 그에게 찾아와 이렇게 물었다.

"도대체 우리는 어떡하면 좋겠습니까? 우리나라에 훌륭한 신사가 찾아와서 살고 있습니다. 그는 맛있는 것을 먹고 좋은 술을 마시며 깨끗한 옷만 즐겨 입으나, 일하기는 싫어하고 더구나 동냥도 하지 않고 그저 금화라는 것만 내놓습니다. 전에 금화가 없을 때에는 모두 이 신사에게 무엇이든지 다 가져다 주었는데 이제는 그 어느 것도 주는 사람이 없습니다. 이 신사를 어떻게 하오리까? 굶어 죽지나 않았으면 좋으련만."

이반은 다 듣고 나서 이렇게 말했다.

"그럼, 물론이지. 먹여 주어야 하느니라. 양치는 목자처럼 집집마다 돌아다니면서 얻어먹게 하여라."

두목 도깨비는 할 수 없이 여기저기 돌아다니며 얻어먹어야 했다. 그러는 동안 차례가 이반의 궁궐에까지 왔다. 두목 도깨비가 점심 식사를 하러 갔더니 이반의 집에서는 벙어리인 여동생이 점심을 준비하고 있었다. 그녀는 지금까지 가끔 게으름뱅이에게 속아 왔다. 게으름뱅이는 일도 하지 않으면서 제일 먼저 밥을 먹으러 와서 준비해 놓은 맛있는 음식을 다 먹어 치우는 것이었다. 그래서 벙어리 처녀는 손만 보고 게으름뱅이를 가려낼 수 있었다. 손에 못이 박인 사람은 식탁에 앉을 수 있지만 굳은살이 생기지 않은 사람은 먹고 남은 찌꺼기를 주기로 되어 있었다. 두목 도깨비가 식탁에 앉자 벙어리 처녀는 슬쩍 그의 손을 들여다보았다. 물론 못이 박이지 않았다. 손은 고운 데다가 손톱이 자라 있는 것이었다. 벙어리 처녀는 무엇이라고 소리치더니 도깨비를 식탁에서 끌어 내렸다.

그리고 이반의 아내가 도깨비에게 말했다.

"화내지 마세요. 우리 시누이는 손에 못이 박이지 않은 사람은 식탁에 앉히지 않으니까요. 잠깐만 기다려 주세요. 곧 모두 드신 후 남은 것을 드세요."

'임금의 궁궐에서는 나에게 돼지에게나 주는 것을 먹이려 하고 있구나.' 하고 생각하니 두목 도깨비는 화가 났다. 그리고 이반에게 말했다.

"당신의 나라에는 모든 사람이 손으로 일을 해야만 하는 미련한 법률이 있군요. 그러나 여러분들이 어리석기 때문에 그렇게 생각하는 것입니다. 영리한 사람은 무엇으로 일하는지 아십니까?"

그러자 이반은 말했다.

"바보들인 우리가 어찌 그런 것을 알겠는가? 우리들은 모두 이 두 손으로 직접 일을 하고 있지."

"그것은 여러분들이 어리석기 때문입니다. 그렇다면 내가 어떻게 머리로 일을 하는 것인지, 그 방법을 알려 드릴까 합니다. 그러면 여러분들도 아시게 될 것입니다. 손보다 머리로 일하는 편이 훨씬 이득이 많다는 것을."

이반은 놀랐다.

"과연 그렇구나. 우리가 바보라 불리는 것도 무리는 아니야."

그러자 두목 도깨비는 설명하기 시작했다.

"머리로 일하는 것이 쉽지는 않습니다. 나의 손에 못이 박이지 않았다고 하여 지금 여러분들은 나에게 먹을 것을 안 주시는데 그것은, 즉 이러한 사실을 모르시기 때문입니다. 머리로 일하는 것이 얼마나 어렵다는 것을. 때로는 머리가 쪼개지는 경우도 있사옵니다."

이반은 잠시 골똘히 생각한 후 말했다.

"그런데 왜 그대는 자기 자신을 괴롭히는가? 머리가 쪼개지는 경우도 있으니 과연 쉬운 일은 아니로구먼! 그렇다면 차라리 자신의 손으로 직접 일을 하면 더 수월할 텐데."

그러자 도깨비는 말했다.

"내가 나 자신을 괴롭히는 것은 어리석은 여러분들을 불쌍히 여기기 때문이옵니다. 만일 제가 제 자신을 괴롭히지 않는다면 여러분들은 영원히 바보로 남게 될 것이옵니다. 그러나 나는 머리로 일해 왔고 이제부터 여러분들에게 그것을 알려 드릴 것입니다."

이반은 감탄하며 말했다.

"그럼 가르쳐 주게. 손이 지치면 머리로 대신할 수 있는 방법을."

도깨비는 그것을 가르쳐 주겠다고 약속했고, 이반은 온 나라에 방을 붙였다.

'훌륭한 신사가 여러분들에게 머리로 일하는 법을 가르쳐 줄 것이다. 머리는 손보다 더 많은 일을 할 수 있으니 모

두들 배우러 나와라.'

이반의 나라에서는 높은 망루가 세워지고 거기 올라갈 수
있는 사다리를 놓고 단을 준비했다. 이반은 신사가 잘 보이
도록 높은 망루의 단으로 안내했다.

신사는 망루 위에 서서 떠들어 댔다. 무식한 백성들은 구
경하려고 모여들었다. 바보들은 손을 쓰지 않고 머리로 일하
려면 어떻게 하는지를 신사가 진짜로 보여 주는 것이라고 생
각했다. 그러나 두목 도깨비는 어떻게 하면 일을 하지 않고
살아갈 수 있는가에 대해 말로만 가르칠 뿐이었다.

바보들은 뭐가 뭔지 도무지 알지 못했다. 그래서 계속 바
라보다가 이윽고 각자의 일자리로 흩어져 가 버렸다.

두목 도깨비는 온종일 망루 위에 서 있었다. 그다음 날도
두목 도깨비는 여전히 그곳에 서 있었으며 연방 떠들어댔다.
그는 배가 고파 무엇이라도 먹고 싶었다. 그러나 바보들은 만
일 저 신사가 손보다 머리로 일을 훨씬 더 잘할 수 있다면 머
리로 자기가 먹을 빵이야 마음대로 만들 수 있을 것이라고
생각하고 아무도 그에게 빵을 가져다 주려고 하지 않았다.

두목 도깨비는 그다음 날도 망루 위에 서서 줄곧 떠들어
댔다. 그러나 사람들은 가까이에서 잠시 듣다가는 곧 흩어
졌다.

이반은 종종 사람들에게 물어보았다.

"어떻던가? 그 신사가 머리로 일을 하던가?"

"아직은 아닙니다. 그는 여전히 떠들어 대기만 할 뿐이옵니다."

두목 도깨비는 역시 온종일 망대 위에 서 있었고 이제는 지쳐서 비틀거리기 시작했다. 한참을 휘청거리더니 그만 기둥에 머리를 들이받았다. 한 바보가 그것을 보고 이반의 아내에게 알리자 이반의 아내는 들에 있는 이반에게 달려가 말했다.

"자, 구경하러 가십시다. 드디어 신사가 머리로 일하기 시작한 모양입니다."

"그게 정말이오?"

이반은 말을 몰아 망루로 달려갔다. 망루에 다다르자 도깨비는 굶주림에 너무 지쳐서 비틀거리더니 머리가 기둥에 부딪쳤다. 이반이 가까이 다가간 순간, 도깨비는 쓰러지면서 곤두서더니 머리로 요란한 소리를 내면서 사다리의 계단을 따라 굴러떨어졌다.

"아하, 언제인가 신사는 머리가 쪼개지는 경우도 있다고 하더니, 과연 정말인걸. 이건 손에 박인 못이 문제가 아니야. 저렇게 일을 하다가는 머리에 혹이 생길 게 아닌가?"

두목 도깨비는 사다리 아래로 굴러 떨어지자 땅바닥에 머리를 박고 말았다. 신사가 얼마나 많은 일을 했는가를 살펴보려고 이반이 가까이 가려는 순간, 땅바닥이 쫙 갈라지더니 두목 도깨비는 땅속으로 쏙 들어가 버리고 그 자리에 구멍이 하나 뚫려 있을 뿐이었다.

이반은 머리를 긁적거리면서 말했다.

"이놈이, 이런 망할 놈이 있나! 또 그놈이잖아! 그놈들의 아비가 틀림없어. 튼튼한 놈이야!"

그리하여 이반은 오늘날까지 살아 있으며 다른 나라의 온갖 백성들이 그의 나라로 몰려오고 있다. 두 형들도 그에게로 찾아왔기 때문에 이반은 그들을 부양하고 있다. 또 그 누구라도 찾아와 '우리들을 좀 돌봐 주십시오.' 하면 그는 이렇게 말한다.

"그렇게 하시오. 이곳에 와서 사시오. 여기는 무엇이든 많이 있으니까요."

그러나 이 나라에는 단 하나의 관습이 있다. 손에 못이 박인 자는 식탁에 앉을 수 있지만, 못이 박이지 않은 사람은 먹다 남은 음식을 먹어야 한다는 것이다.

촛불

✝

'눈에는 눈으로, 이에는 이로 갚으라.'고

하신 말씀을 너희는 들었다. 그러나 나는 너희에게 말한다.

너희는 악을 행하는 사람에게 보복하지 말라.

마태복음 5장 38절~39절

이 이야기는 지주地主가 행세하던 시절의 일이다. 그 무렵
에는 지주도 여러 형태가 있어서 죽음과 신을 인식하고 남
을 불쌍히 여기는 자가 있는가 하면, 다른 사람들은 안중에
도 없는 짐승이나 다름없는 자도 있었다. 그중에서도 제일
못된 자는 시궁창에서 빠져나와 우연히 귀족 행세를 하게
된 농노 출신의 관리인들이었다. 이런 자들 때문에 농민들
의 생활은 매우 궁핍했다.

어느 지주의 영지領地에 그러한 관리인이 나타났다. 농부들
은 소작료 대신 영주의 땅에서 일을 하였다. 땅은 얼마든지
있었고 토질도 좋았으며 물도, 초원도, 숲도 울창하여 그만
하면 지주나 농부 모두에게 부족함이 없었다. 그런데 그 땅의

지주는 다른 영지에서 일하던 머슴을 관리인으로 채용했다.

이 관리인은 권력을 움켜쥐고 농민들의 머리 위에 앉아 군림하기 시작했다. 그도 한 가정의 가장으로서 아내와 이미 출가한 딸이 둘이나 있었고, 돈도 어느 정도 모았으므로 그렇게 못되게 굴지 않아도 살 수 있었는데, 욕심이 너무 지나쳐 죄를 지었다.

우선 이 관리인은 농부들에게 정해진 일보다 더 많은 일을 시켰다. 벽돌 공장을 세워 남녀를 막론하고 혹사시키고, 만들어 낸 벽돌을 팔아먹었다.

농부들은 모스크바에 있는 지주를 찾아가 불만을 호소했으나 아무런 소용이 없었다. 지주는 도리어 농부들을 그냥 되돌려보내고 관리인의 권한을 빼앗으려고 하지 않았다. 관리인은 농민들이 지주에게 갔었다는 사실을 알고 그에 대해 분풀이를 하기 시작했다. 그로 인해 농부들의 생활은 더욱 어려워졌고 게다가 농부들 중에서도 믿을 수 없는 사람이 생겨났다. 그들은 관리인에게 동료를 밀고하여 서로를 곤경에 빠뜨리려고 하였다. 이래서 농부들의 단결은 무너지고 관리인은 더욱 포악해졌다.

날이 갈수록 관리인의 횡포는 더욱 심해져 마침내 농부들은 이 관리인을 사나운 맹수처럼 무서워하게 되었다. 그리하여 관리인이 말을 타고 마을을 지나면 마치 늑대를 피하는 것처럼 모든 사람들은 그의 눈에 띄지 않게 아무 데나 몸을 숨기는 것이었다. 관리인은 그걸 알아채고 모두들 자기를 무서워한다는 것에 더욱 심술을 부리며 가혹하게 노역을 시키고 괴롭혔다. 그래서 농부들은 아주 심한 고통을 겪었다.

그 당시에는 그런 악독한 관리인을 죽여 버리는 경우도 있어서 이곳 농부들도 이에 관해 의논하기에 이르렀다. 그중에 비교적 용기 있는 자가 이렇게 말했다.

"우리가 언제까지 저 관리인에게 굽실거리고 살아야 합니까? 이렇게 죽느니 차라리 저런 놈을 죽여 없애 버립시다."

부활절 전날 농부들은 숲속에 모였다. 관리인이 지주의 숲을 손질하라고 지시했던 것이다. 점심시간에 한자리에 모였을 때 의논이 시작되었다.

"이제 어떻게 살아가야 할런지. 저놈은 우리를 뼈까지 말릴 작정이야. 밤낮을 가리지 않고 쉴 틈 없이 일을 시키며 우리를 괴롭히지 않는가 말이야. 게다가 조금만 제 놈의 맘에 안 들어도 두들겨 패니. 세몬은 매를 맞아 죽었고, 아니심은 족쇄에 채워져 곤욕을 당하지 않았나. 대체 무엇을 더 기다린단 말인가? 오늘 저녁 여기 와서 또 행패를 부리면 말에서 끌어 내려 도끼로 내리치면 일은 끝나는 거야. 그리고 어딘가에 개처럼 매장하면 누가 알 게 뭐야. 다만 모두 마음을 합해 이 일을 입 밖에 내지 않기로 약속해야 해!"

바실리 미나예프가 말했다.

이 사람은 누구보다도 관리인을 저주하고 있었다. 관리인은 매주 미나예프를 때리고 그의 아내마저 빼앗아 자기 집 식모로 만들어 버렸던 것이다.

이렇게 농부들은 결정을 내렸다. 저녁이 되자 관리인이 왔다. 그는 말을 타고 나타났는데 오자마자 벌목을 잘못한다고 트집을 잡기 시작했다. 그리고 베어 놓은 나뭇더미에서 보리수 한 그루를 찾아냈다.

"나는 보리수 가지를 베라고 하지 않았어. 누가 베었나? 빨리 말하지 않으면 모조리 매질을 하겠다."

그리하여 누가 맡은 자리에 보리수가 있었는지 조사하기 시작했다. 그러자 누군가가 시돌이 있는 쪽을 가리켰고 관리인은 시돌의 얼굴을 피투성이가 되도록 구타했다. 그리고 바실리도 나무의 양을 적게 베었다는 이유로 채찍으로 맞고 나서야 집으로 돌아올 수 있었다.

그날 밤 농부들은 다시 모였다. 거기서 바실리가 입을 열었다.

"그래 당신들도 사람이오? 날짐승만도 못해. '맞서자, 해치우자.' 하고서는 막상 그놈이 나타나면 달아나 버리니. 꼭 매 앞에 참새 같아. '동료를 배반해서는 안 돼. 무슨 일이 있어도 해치워야 해!' 하다가 막상 매가 나타나면 모두 숲속으로 숨어 버리니. 그러니까 매란 놈은 눈독을 들였던 놈을 잡아 족치는 거야. 매가 날아간 다음에야 참새들은 나와서 '또 하나 없어졌군. 누가 없어졌나? 바니카야. 그놈은 그런 꼴을 당할 만해. 그럴 만한 까닭이 있어.'라고 하지. 당신네들이 꼭 그렇소. 배반하지 않겠다고 했으면 정말 배반하지 말아야지! 그놈이 시돌을 구타할 때 여러분들이 일제히 그놈을 처치해 버렸어야 한단 말이오. '배반 않겠다. 해치우자!' 하고도 매가 덤벼들면 행여나 다칠세라 도망쳐 버리니."

농부들은 점점 더 그런 말을 자주 했고, 마침내 관리인을 죽이기로 결정했다. 수난受難일에 관리인은 농부들에게 지시하여 부활제를 위해 밭을 갈아 보리씨를 뿌려야 한다고 했다. 농부들은 해도 너무한다고 생각했기 때문에 수난受難일에 바실리 집 뒷마당에 모여 또 의논을 했다.

"저놈이 하나님을 잊고 있으니 이런 일을 하려고 하지. 정말 해치워야겠어. 어차피 죽을 목숨 아닌가!"

그때 표트르 미헤예프가 왔다. 그는 점잖은 사람으로 지금까지 농부들의 모임에 잘 나오지 않았는데 이날 처음으로 나와 여러 사람들의 이야기를 들은 다음 이렇게 말했다.

"여러분은 큰 죄를 지으려 하는군요. 사람을 죽인다는 것은 엄청난 일이오. 목숨 하나 해치우기는 간단하지만 자신들의 목숨은 어떻게 될 것 같소? 물론 그놈이 하는 일은 옳지 못해요. 우리가 손을 쓰지 않더라도 큰 벌이 그를 기다리고 있을 것이오. 여러분들은 참아야 하오."

바실리는 이 말을 듣고 있다가 화가 치밀어 분통을 터뜨렸다.

"사람을 죽이는 것이 죄라고! 사람을 죽이는 건 물론 죄가 되지만 그놈이 인간인가? 착한 인간을 죽이는 것은 분명 죄가 되지. 그러나 그런 개만도 못한 인간을 죽이는 것은 하나님의 뜻이야. 인간을 위해서 미친개는 죽어야 해. 그놈을 죽이지 않으면 죄만 커질 뿐이야. 놈이 사람을 괴롭힌 생각을 하면 치가 떨린다고. 만일 이 일로 고초를 당한다 해도 사람들을 위한 일이야. 모두들 우리에게 고맙다고 할걸. 우리가 당하고만 있으면 놈은 우리를 모두 죽이고 말 거야. 이봐, 자네는 쓸데없는 걱정을 하고 있어. 그리스도의 축제일에 일하러 가는 것은 죄가 더 적을 것 같은가? 그렇게 말하는 자네도 일하러 가지 않을걸."

그러자 표트르가 말을 받았다.

"나가려 하지 않다니! 밭을 갈라고 하면 가야지. 누가 나쁜지는 하나님께서 다 알고 계시니 우리는 하나님을 잊지 말아야 돼. 나는 내 생각을 말하는 것이 아니야. 만일 악을 악으로 없애라고 하셨다면 하나님께서 그런 본을 보여 주셨을 것이나, 우리에게 가르치신 것은 그게 아니야. 우리가 악을 악으로 대하려고 하면 그 악은 우리에게 되돌아오지. 사람을 죽이는 것은 쉽지만, 그 피는 자신의 영혼에 달라붙네. 사람을 죽인다는 것은 자신의 영혼을 피투성이로 만드는 일이야. 자신은 악한 인간을 죽였고 악을 뿌리 뽑았다고 생각하겠지만, 실은 더 큰 악을 자기 마음에 끌어들이는 결과가 되네. 재난은 참는 게 최선이야. 그러면 그 재난은 스스로 물러나게 마련이니까."

결국 농부들은 의논의 결말을 보지 못하고 헤어졌다. 의견이 분분하여 바실리처럼 생각하는 자가 있는가 하면, 끔찍한 죄를 짓지 말고 더 참아 보자고 하는 자도 있었다.

농부들이 축제 첫날의 축하 행사를 끝마치고 나자 반장은 서기와 함께 와서 관리인 미하일 세묘느비치의 명령이라며, 내일 모든 농부는 보리씨를 뿌리기 위해 밭을 갈아야 한다고 말했다. 그리고 이장은 서기와 같이 마을을 돌아다니며 내일은 모두 나와 밭을 갈아야 한다고 말하고 다녔다. 한 조는 강 건너편을, 다른 조는 길가 밭에서부터 시작하라고 알려 주었다. 농부들은 내심 화가 치밀었으나 그 명령에 반항할 용기는 없었다.

다음 날 아침, 모두 괭이와 삽을 들고 나가 밭을 갈기 시작했다. 교회에서는 아침 예배 시간을 알리는 종이 울렸고 사람들은 어디서나 부활절을 축하하고 있는데, 이곳 농부들만 밭을 갈면서 일하고 있었다.

관리인 미하일 세묘느비치는 아침 늦게 일어나 밭일을 살피러 나갔다. 관리인의 아내와 축제일을 위해 다니러 온 과부가 된 딸은 모양을 내고 하인에게 마차를 준비시켜 예배에 참례하고 돌아왔다. 하녀가 사모바르(찻물을 끓이는 주전자의 일종)에 물을 끓이자 미하일 세묘느비치가 돌아왔다. 그리고 식구들은 같이 차를 마시기 위해 자리에 앉았다. 미하일 세묘느비치는 차를 마신 다음 파이프에 불을 붙이며 반장을 불렀다.

"그래 농부들을 밭에 내보냈는가?"

"네, 보냈습니다."

"한 사람도 빠지지 않고?"

"모두 다 나왔습니다. 제가 지시를 하여 구역을 지정해 주었습니다."

"구역을 정해 준 것은 잘한 일이야. 그런데 일은 제대로 하는지 모르겠군. 잠깐 둘러보고 오게. 정오가 지나면 직접 가서 볼 테니까. 한 제샤치나(1제샤치나=약1.09ha)를 둘이서 갈도록 하고, 눈가림으로 하지 않도록 일러 두게. 만일 경작이 잘되지 않은 부분이 발견되면 축제일이라도 용서하지 않을 테니까!"

"알겠습니다."

그렇게 대답하고 반장이 나가려고 하자 미하일 세묘느비치가 다시 그를 불러 세웠다. 그를 불러 세우기는 했으나 머뭇머뭇 어떻게 말해야 좋을지 한참을 망설이다가 이렇게 말했다.

"그리고 뭐야, 그 도둑놈들이 나에 대해서 무슨 말을 하는지 자네가 좀 알아보게. 누가 어떤 흉을 보고 무슨 말을 하는지 내게 자세히 알려 줘. 나는 그놈들을 잘 알고 있어. 놈들은 일하기 싫어하고 게으름이나 피우니까. 먹고 마시고 노는 것만 좋아하고 밭갈이 시기를 놓치면 큰 차질이 온다는 것을 생각하지 않는단 말이야. 그러니까 누가 뭐라고 하든 놈들이 지껄이는 말을 들어 보고 내게 말해 주게. 나는 그걸 알아 둘 필요가 있거든. 자 어서 가 보게. 그리고 모든 사실을 숨김없이 내게 말해야 해. 알겠나?"

반장은 돌아서서 밖으로 나가 그는 말을 타고 농부들이 일하는 밭으로 갔다.

관리인의 아내는 반장과 나눈 남편의 이야기를 듣고 있다가 남편에게 다가가 애원했다. 그의 아내는 부드러운 마음의 소유자였으므로 남편을 달래면서 농부들의 편을 들었다.

"여보 미센카, 그리스도의 대축제일이니 죄 된 일을 하지 마시고 농부들을 쉬게 하세요."

미하일 세묘느비치는 아내의 말은 들은 척도 안 하고 비웃기만 했다.

"당신 한동안 풀어 주었더니 아주 건방지게 구는데. 관계 없는 일에 함부로 참견하지 마!"

"미센카, 나는 당신의 일로 흉한 꿈을 꾸었어요. 부디 제 말대로 농부들을 쉬게 해 주세요."

"왜 이래? 안 된다면 안 되는 줄 알지. 배고픈 줄 모르고 지내니까 채찍이 어떻게 생겼는지 모르나 본데 조심해."

세묘느비치는 잔뜩 화를 내면서 불이 붙은 파이프를 아내의 입에 들이대며 자기 방에서 쫓아내고 식사 준비나 하라고 일렀다.

미하일 세묘느비치는 어묵, 고기만두, 돼지고기, 양배추 수프와 새끼돼지구이, 우유국수를 먹고, 버찌로 담근 술을 마시고 디저트로 파이를 먹었다. 그리고 하녀를 불러 노래를 시키고 자기는 기타를 치기 시작했다.

미하일 세묘느비치가 매우 기분이 좋아 기타를 퉁기며 하녀와 함께 웃음을 나누고 있을 때, 반장이 들어와 허리를 굽혀 인사를 한 다음 밭에서 살펴보고 온 일을 보고하기 시작했다.

"그래 열심히 하고 있던가? 오늘의 책임량은 다 하겠던가?"

"네, 벌써 절반 이상이나 갈았습니다."

"빠뜨린 데는 없고?"

"없었습니다. 모두 잘하고 있습니다."

"그러면 흙도 곱게 다지고?"

"네, 부드럽게 잘 다져서 마치 양귀비씨를 뿌려 놓은 듯합니다."

관리인은 잠자코 있다가 다시 물었다.

"그래, 내 말은 없던가? 욕하지?"

반장은 망설이며 입을 열지 못했다. 미하일 세묘느비치는 들은 대로 모두 얘기하라고 다그쳤다.

"모조리 말해. 괜히 딴말하지 말고 놈들이 말한 대로 털어놓으면 되네. 사실대로 말해 주면 상을 주겠으나 뭐든 감추면 매질이 있을 뿐이야. 야! 카츄샤, 이 친구에게 보드카

한 잔 주어라. 용기를 내게 해야지."

하녀가 나가더니 보드카를 가져와 반장에게 주었다. 반장은 인사를 하고 쭉 들이킨 다음, 입을 닦고 이야기를 시작했다.

'할 수 없지. 내 잘못이 아니잖아. 저렇게 다그치니 다 털어놓을 수밖에.'

그렇게 생각하고 반장은 말문을 열기 시작했다.

"모두들 불평을 하고 있더군요."

"그래? 뭐라고들 하던가? 이야기해 보게."

"모두 같은 말을 하고 있었습니다. 관리인님은 하나님을 믿지 않는다는 거예요."

관리인은 소리 내어 웃기 시작했다.

"그래, 그런 말을 어떤 놈이 하던가?"

"모두들 그렇게 말합니다. 순결하지 못한 영혼을 가지고 있다는 겁니다."

관리인은 다시 웃었다.

"좋아, 그건 그렇고. 하나하나 말해 보게. 바실리는 뭐라고 하던가?"

반장은 자기 동료들의 이야기를 나쁘게 말하고 싶지 않았으나, 바실리와는 전부터 사이가 좋지 않았다.

"바실리는 어느 누구보다도 가장 심한 욕을 했습니다. 그 작자는 관리인이 반드시 비참하게 죽게 될 것이라고 말했습니다."

"흥, 잘들 하는군! 그놈은 그러면서도 왜 나를 죽이지 않지. 아무래도 도리가 없는 모양이군. 좋아, 바실리 네 놈하고 당장 계산을 하지. 다음에 치슈카는? 그놈도 역시 뭐라고 했겠지?"

"네, 모두 나쁘게 말하고 있었습니다."

"그러니까 구체적으로 말해 봐."

"입 밖에 내기가 거북해서."

"어떻게? 겁낼 것 없어. 어서 말해 봐."

"모두들 배가 터져 창자가 튀어나왔으면 좋겠다고 했습니다."

미하일 세묘느비치는 신이 난 듯 크게 웃었다.

"두고 보자. 어느 쪽이 창자가 먼저 터질지. 그다음은 누구였지. 치슈카인가?"

"누구 하나 좋은 말을 하지 않았습니다. 모두가 욕을 하고 협박조의 말을 했습니다."

"그럼 표트르 미헤예프는? 그놈은 뭐라고 했지? 그놈도 틀림없이 욕을 했겠지?"

"아닙니다. 미하일 세묘느비치님, 표트르는 욕하지 않았습니다."

"그럼 어떻게 했다는 거지?"

"네, 농부들 중에서 그 사람만이 아무 말도 하지 않았습니다. 다른 사람과는 확실히 다른 데가 있는 놈입니다. 저도 놀랐습니다."

"도대체 무슨 짓을 했길래?"

"글쎄, 그가 무슨 일을 했는지 모두들 놀라고 있습니다."

"대체 어떻게 했기에 그래?"

"정말 이상할 뿐입니다. 제가 가까이 다가가자 그 사람은 투르킨 언덕의 경사진 땅을 갈고 있었습니다. 더 가까이 가보았더니 누군가가 아주 가늘고 고운 목소리로 노래를 부르는 소리가 들렸습니다. 거기다 쟁기 손잡이 사이에서 무엇인지 반짝이는 것이 보였습니다."

"그래서?"

"작은 불빛 같이 보였습니다. 그래서 바짝 가까이 가서 보니 5코페이카짜리 초를 쟁기의 가로대에 고정시켜 놓았는데 바람이 불어도 꺼지지 않았습니다. 그리고 새 옷을 입고 부지런히 밭을 갈면서 부활제의 노래를 부르고 있었습니다. 쟁기의 방향을 바꿔도 촛불은 꺼지지 않았습니다. 제가 보는 앞에서 쟁기를 홱 돌리고 아무리 빨리 밀고 나가도 촛불은 꺼질 기미가 보이지 않았어요."

"그래, 그 사람은 뭐라고 하던가?"

"아무 말도 하지 않았습니다. 나를 보자 '예수께서 부활하셨네!' 하고는 다시 노래를 불렀습니다."

"그럼, 대체 자네는 그에게 무슨 말을 했나?"

"저는 말하지 않았습니다. 농부들이 몰려와서 미헤예프는 부활제에 일을 했기 때문에 아무리 기도를 드려도 죄를 용서받지 못한다면서 놀려댔습니다."

"그래, 그는 뭐라고 하던가?"

"그저 그는 '땅에는 평화, 사람에게는 행복이 있을지어다!'라고 말했을 뿐, 다시 쟁기를 잡고 말을 재촉하면서 가는 목소리로 노래를 부르기 시작했는데 촛불은 여전히 그대로 타고 있더군요."

관리인은 웃음을 멈추고 기타를 내려놓은 다음 고개를 떨구고 그대로 앉아 있더니 하녀와 반장을 물러가게 하였다. 그러고 커튼 뒤로 가서 침대에 드러누워 한숨을 쉬며 신음 소리를 냈는데, 그것은 마치 짐을 실은 수레가 내는 소리 같았다. 그때 그의 아내가 들어와 말을 걸었으나 대답은 하지 않은 채, "내가 졌어. 끝장이야! 이제는 내 차례가 왔어!" 하고 말할 뿐이었다. 아내는 남편을 달래 말했다.

"여보, 지금이라도 농부들에게 가서 그들을 집으로 돌려보내세요. 그러면 아무 일도 없을 거예요. 지금까지는 더 심한 짓을 하고도 태연하더니 이번에는 왜 이렇게 두려워하고 있는지 모르겠군요."

"아, 이젠 끝장이야. 그자가 이겼어."

아내는 그에게 외치듯 말했다.

"빨리 나가서 농부들을 집으로 돌려보내세요. 모든 일이 잘 풀릴 거예요. 어서 가세요. 곧 말을 준비하라고 하겠어요."

말이 준비되었다. 아내는 밖에 나가 농부들을 집으로 돌려보내라고 남편을 설득했다.

미하일 세묘느비치는 말을 타고 들로 나갔다. 마을 어귀에 도착하자 한 농부의 아내가 마을의 울타리 문을 열어 주어 마을로 들어갔다. 관리인이 나타나자 어떤 사람은 뒤뜰로, 어떤 사람은 집 모퉁이로, 어떤 사람은 채소밭으로 도망쳤다.

마을을 빠져나가 출구 쪽에 이르렀다. 문이 잠겨 있었는데 말을 탄 채로는 문을 열 수가 없었다. 관리인은 문을 열라고 소리쳤지만 아무도 대답하는 사람이 없었다. 말에서 내려 스스로 문을 열고 다시 말을 타려고 한쪽 발을 등자에 올려놓고 안장에 걸터앉으려는 순간, 말이 돼지에게 놀라 울타리에 부딪히고 말았다. 그러자 몸이 무거운 관리인은 안장에서 몸을 가누지 못하고, 말에서 떨어져 울타리에 배가 부딪혔다. 그런데 그 울타리엔 한쪽 끝이 뾰족하고 길게 튀어나온 말뚝이 있었는데, 관리인은 그만 이 말뚝에 배가 걸렸다. 그리고 배가 찢기면서 땅바닥으로 뒹굴었다.

농부들이 밭에서 돌아와 문가에 이르자, 말들이 콧김을 뿜으며 안으로 들어가려고 하지 않았다. 그래서 자세히 보니 거기에 미하일 세묘느비치가 넘어져 두 팔을 벌리고 눈을 부릅뜬 채 창자가 터져 나왔고 피가 웅덩이처럼 고여 있었다. 땅이 피를 빨아들이지 않았던 것이다.

농부들은 깜짝 놀라 말을 뒤로 물러서게 했다. 그러나 표트르 미혜예프만이 말에서 내려 관리인 옆으로 가서 이미 죽었음을 확인하고, 그의 눈을 감겨 주고 수레에 말을 매어 시체를 관에 넣어 아들과 함께 지주의 저택으로 갔다.

지주는 이 모든 사정 이야기를 듣고 농부들에게 다음부터는 부역을 시키지 않았으며 소작료만 내도록 했다. 농부들은 하나님의 힘은 죄에 있는 게 아니라 선에 있음을 깨달았다.

예멜리안과 북

✢

    예멜리얀은 어느 집에서 머슴으로 살고 있었다. 어느 날 예멜리얀이 일하러 가는 도중에 들판을 지나게 되었는데 갑자기 개구리 한 마리가 뛰어나와 위태롭게도 밟힐 뻔했다. 예멜리얀이 개구리를 피해 걸음을 옮기려 할 때 누군가 뒤에서 부르는 소리가 들렸다. 예멜리얀이 뒤돌아보자 아름다운 처녀가 그에게 말을 건네는 것이었다.

    "예멜리얀, 당신은 왜 장가를 안 가는 거예요?"

    "내가 어떻게 장가를 가요? 나는 가진 게 아무것도 없어요. 내게 시집올 사람이 없어요."

    그러자 그 처녀가 말했다.

    "그럼 저를 아내로 삼아 주세요."

    예멜리얀은 그 처녀가 마음에 들었다.

    "기쁜 일이긴 하지만 어디서 살겠소?"

    "그런 걱정은 하지 마세요. 잠 좀 적게 자고 부지런히 일하면 어디를 가도 먹고, 입고 살아갈 수 있어요."

    "그렇군요. 그런데 어디로 가서 살아야 하나요?"

    "도시로 나가요."

그리하여 예멜리얀과 처녀는 도시로 나왔다. 처녀는 그를 도시 변두리의 조그만 집으로 데리고 갔다. 두 사람은 결혼식을 올리고 살림을 차렸다.

어느 날 임금님의 행차가 있었는데 예멜리얀의 집 옆을 지나게 되었다. 예멜리얀의 아내도 임금님을 보려고 밖으로 나왔다. 임금님은 그녀의 아름다움에 적이 놀랐다.

"저 미인은 어디에 사는가?"

임금님은 마차를 세우고 예멜리얀의 아내를 가까이 불러서 물어보았다.

"너는 누구인고?"

"네, 저는 농부 예멜리얀의 아내이옵니다."

그녀가 대답했다.

"너 같은 미인이 어떻게 농부에게 시집을 갔느냐? 왕비가 될 수도 있었을 텐데."

"말씀은 감사하오나 저는 농부의 아내로서 만족합니다."

임금님은 잠시 그녀와 이야기하다 떠났지만 궁전에 돌아와서도 예멜리얀의 아내를 잊을 수가 없었다. 임금님은 밤새한잠도 자지 못하고 어떻게 하면 예멜리얀의 아내를 빼앗을수 있을까 궁리를 했지만 묘안이 떠오르지 않았다.

다음 날 신하들을 불러 자기의 고민을 이야기하고 좋은

방법을 생각해 내라고 명령했다. 그러자 신하 한 사람이 말했다.

"먼저 예멜리얀을 궁전의 일꾼으로 불러들이심이 좋을 줄로 아옵니다. 그러면 저희들이 예멜리얀을 혹사시켜 죽여 버리는 겁니다. 그렇게 되면 그 여자는 자연히 과부가 되므로 그 후에는 임금님께서 그녀를 취하실 수 있을 것이옵니다."

임금님은 신하들의 말에 따라 예멜리얀에게 사신을 보내 궁전의 머슴으로 일하게 하고, 그의 아내도 궁전에서 함께 살도록 했다. 사신이 예멜리얀에게 임금님의 명령을 전했다. 그러자 아내가 남편에게 말했다.

"할 수 없죠. 낮에는 그곳에서 일하고, 밤에는 집으로 돌아오세요."

그래서 예멜리얀은 그 사신을 따라갔다. 궁전에 도착하자 임금님의 시종이 물었다.

"너는 왜 아내와 함께 오지 않고 혼자 왔느냐?"

"어찌 아내와 함께 오겠습니까? 저희들에게도 집이 있는 걸요."

궁전에서는 예멜리얀에게 두 사람 몫의 일이 떠맡겨졌다. 예멜리얀은 일을 시작하기는 했지만 끝낼 수 있으리라는 생각이 들지 않았다. 그런데 어찌 된 일인지 저녁 전에 일은 완전히 끝났다. 시종은 두 사람 몫의 일이 끝난 것을 보고, 이튿날은 네 사람 몫의 일을 맡겼다.

예멜리얀은 저녁에 집으로 돌아왔다. 집 안은 깨끗이 청소되어 있었고, 모든 것이 깔끔하게 정돈되어 있었다. 난로에는 훈훈하게 불이 타오르고 저녁 식사도 준비되어 있었으며, 아내는 탁자 곁에서 바느질을 하며 남편이 돌아오기를 기다리고 있었다. 그녀는 예멜리얀을 맞이했다. 그리고 저녁 식사를 차려 남편에게 권하면서 일에 대해서 물었다.

"힘겨운 일이었어. 지나친 일을 맡겨서 나를 죽일지도 몰라."

"여보, 일에 대해서 너무 생각하지 마세요. 얼마나 했는지, 얼마나 남았는지 뒤를 돌아보거나 앞을 내다보려고 하지 마세요. 그저 일만 하세요. 그러면 시간 안에 끝날 거예요."

예멜리얀은 잠자리에 들었다. 그리고 다음 날 궁전에 나가 곁눈질 한 번 하지 않고 열심히 일을 했다. 저녁이 가까워지자 일이 다 끝나고 어둡기 전에 집으로 돌아갈 수 있었다.

하루하루 예멜리얀의 일은 많아져 갔지만 예멜리얀은 언제나처럼 시간 내에 일을 끝내고 집으로 돌아가곤 했다.

일주일이 지났다. 신하들은 아무리 거친 일을 시켜도 예멜리얀을 굶길 수 없음을 알고 이번에는 도저히 해낼 수 없는 어려운 일을 시켰다.

그러나 목수 일이든, 석수 일이든, 지붕 일까지도 예멜리얀은 정한 시간에 척척 해치우고 저녁에는 아내에게로 돌아가는 것이었다. 이렇게 하여 다시 일주일이 지났다. 임금님은 신하들을 불러 말했다.

"너희들은 밥값을 해야 되지 않겠느냐? 벌써 두 주일이나 지났는데 너희들의 노력은 어디에 있느냐? 너희들은 혹독히 일을 시켜 그놈을 제대로 살지 못하게 한다고 했지만 그놈은 밤이 되면 일을 마치고 흥겨운 노래를 부르며 집으로 돌아가고 있지 않느냐? 네 놈들은 나를 바보 취급하는 게냐?"

신하들은 여러 가지 변명을 늘어놓았다.

"저희들은 있는 힘을 다해 그놈을 혹사시키려고 했으나, 그놈은 어떠한 일도 거뜬하게 해치우고 있습니다. 그래서 저희들은 그놈을 지혜가 모자라는 놈이라고 생각하고 머리 쓰는 일을 시켜 보았으나 그 일도 척척 해치웠습니다. 무슨 일이나 모두 해치우는 것을 봐서는 아마 그놈이나 아내가 마법을 알고 있지 않나 하는 생각이 듭니다. 그래서 저희들은 도저히 불가능한 일을 놈에게 시키려고 합니다. 그것은 다름이 아니오라 단 하루에 커다란 사원을 지으라고 명령하는 것입니다. 폐하께서 예멜리얀을 직접 불러서 하루 만에 궁전 앞에 커다란 사원을 지으라고 분부하십시오. 만일 그 놈이 그 일을 해내지 못하면 명령을 거역한 죄로 목을 칠 수 있을 것입니다."

임금님은 사람을 보내 예멜리얀을 불러왔다.

"예멜리얀은 들어라. 이 궁전 앞 광장에다 새로운 사원을 지어야겠다. 네가 내일 밤까지 그것을 세우면 큰 상을 받을 것이지만, 만일 완성하지 못할 때는 처형할 테니 그리 알라."

예멜리얀은 임금님의 명령을 듣자마자, '아? 이제 나는 끝장이구나.' 하고 생각하면서 곧 집으로 돌아왔다. 그리고 아내에게 말했다.

"여보, 이제는 도망가는 수밖에 없소. 어서 떠날 준비를 하시오. 그렇지 않으면 죄 없이 죽게 된단 말이오."

아내가 물어보았다.

"아니! 뭘 그렇게 무서워하세요? 왜 도망치려고 하세요?"

"어떻게 무서워하지 않을 수 있겠소? 임금님께서 내일 단 하루 만에 사원을 지으라고 명령하셨소. 그리고 세우지 못할 때에는 목을 자른다는 거야. 그러니 이제는 어쩔 수 없잖아. 지금 도망치지 않으면 안 돼."

그러나 아내는 그 말을 듣지 않았다.

"임금님에게는 병사들이 많아요. 우리가 어디를 가든지

금방 붙잡히고 말아요. 힘이 있을 때까지는 임금님의 명령에 복종하는 것이 좋아요."

"그러나 그 엄청난 일을 어떻게 해낸단 말이오. 내 힘으로는 도저히 할 수 없는 일인데?"

"여보, 당신은 걱정 안 해도 돼요. 저녁이나 드시고 잠이나 푹 자 두세요. 그리고 내일 아침엔 좀 더 일찍 일어나세요. 그러면 모든 것이 다 잘될 거예요."

예멜리얀은 잠자리에 들었다. 다음 날 아침 그의 아내는 그를 깨웠다.

"자, 빨리 가세요. 가서서 사원을 완성하고 오면 돼요. 여기에 못과 망치가 있으니 가지고 가세요. 그곳에 가면 하루치 일만 남아 있을 거예요."

예멜리얀이 궁전 앞에 도착해 보니 광장 한가운데에 새로운 사원이 세워져 있었고 예멜리얀은 못과 망치로 몇 군데를 손질했다. 예멜리얀은 저녁때까지 사원을 완성해 놓았다.

한편, 잠에서 깨어난 임금님이 궁전 앞을 바라보니 광장 한복판에 사원이 우뚝 서 있고, 예멜리얀이 여기저기를 돌아다니며 마무리 못질을 하고 있었다. 임금님은 사원을 보고도 전혀 즐겁지 않았다. 다만 예멜리얀을 처벌하고 그의 아내를 빼앗을 구실이 없어졌으므로 오히려 실망스러울 뿐이었다. 임금님은 또 신하들을 불렀다.

"예멜리얀은 이번 일도 해냈다. 놈을 처형할 구실이 없구나. 아무래도 이런 일은 놈에게는 너무나 쉬운 일이야. 좀 더 어려운 일을 궁리해 보아라. 만일 이번에도 안 되면 그대들 목부터 잘라 버릴 것이야."

그래서 신하들은 궁전 주위에 배가 지나다닐 수 있도록 강을 팔 것을 예멜리얀에게 분부하도록 진언했다. 임금님은 예멜리얀을 불러서 새로운 일을 하도록 명령을 내렸다.

"네 놈은 하루 만에 사원을 만들어 냈다. 그렇다면 이번 일쯤은 아무것도 아닐 거야. 내일까지 끝내지 않으면 안 된다. 만일 이 일을 완성하지 못하면 네 놈의 목을 자르겠다."

예멜리얀은 더욱 기가 눌려 어깨를 늘어뜨리고 집으로 돌아왔다.

"왜 또 그렇게 힘이 없어요? 임금님께서 또 새로운 일을 분부했나요?"

예멜리얀은 아내에게 모두 이야기했다.

"이번에야말로 정말 도망쳐야만 해요."

그러나 아내는 또 이렇게 대답했다.

"그의 군대로부터 도망칠 수는 없어요. 어디를 가나 붙잡히고 말아요. 역시 분부대로 따라야 해요."

"그러나 그 엄청난 일을 어떻게 할 수 있겠소."

"괜찮아요. 겁낼 것 없어요. 저녁이나 드시고 잠이나 주무세요. 그리고 내일 아침 일찍 일어나시면 모든 일이 잘될 거예요."

그래서 예멜리얀은 잠이 들었다. 다음 날 아침 일찍 아내는 그를 깨웠다.

"빨리 궁전으로 가 보세요. 일은 거의 다 돼 있어요. 다만 궁전 건너 둑에 약간의 흙이 쌓여 있으니 삽을 가지고 가서 평평하게 고르기만 하면 돼요."

예멜리얀은 집을 나서서 궁전으로 갔다. 궁전 둘레에는 이미 강이 흐르고 있었고, 그곳으로 배가 지나다니고 있었다. 그리고 아내가 말한 대로 궁전 정면의 둑에 흙이 쌓여 있었다. 그래서 예멜리얀은 삽을 들고 흙을 고르기 시작했다.

임금님은 잠에서 깨어 궁전 주위를 둘러보니 어제까지 없었던 강이 만들어졌고 배가 오가고 있었으며 에멜리얀은 삽을 들고 흙을 고르고 있었다. 임금님은 너무나 놀랐다. 그러나 임금님은 강이나 배를 보아도 기쁘지 않았다. 도리어 예멜리얀을 벌할 수 없어서 대단히 화가 났다.

'아무래도 안 되겠는걸. 그놈은 못하는 일이 없는 모양이다. 그렇다면 어떻게 하면 좋을까?'

임금님은 신하들을 다시 불러 그들과 함께 궁리하기 시작했다.

"예멜리얀이 절대로 하지 못할 일을 생각해 내라. 우리가 아무리 지혜를 짜내도 놈은 힘들이지 않고 해내니, 이래서야 그놈의 아내를 빼앗을 재간이 없잖은가?"

신하들은 머리를 맞대고 새로운 일을 짜내기 시작했다. 그리고 임금님에게 계략을 아뢰었다.

"예멜리얀을 부르시어 어딘지 모르는 곳으로 가서 무엇인지 모르는 물건을 가지고 오도록 분부하십시오. 그러면 제아무리 못 하는 게 없는 놈일지라도 도저히 피할 수 없을 것입니다. 임금님께서는 그놈이 어디를 가든 가야 할 곳이 틀렸다고 말씀하시고, 무엇을 가지고 오든 분부하신 것과는 다르다고 하시면 되는 겁니다. 그렇게 되면 그놈을 죽일 수 있고, 그 아내도 빼앗아 오실 수 있습니다."

왕은 크게 기뻐하였다.

"그거 정말 좋은 생각이다."

임금님은 예멜리얀을 불러 명령했다.

"너는 어딘지 모르는 곳에 가서 무엇인지 모르는 물건을 가지고 오너라. 만일 그렇지 못하면 너의 목을 자를 것이다."

예멜리얀은 아내에게 돌아가서 임금님께서 분부한 대로

말했다. 이번에는 아내도 생각에 잠겼다.

"이것은 당신을 죽이기 위해 신하들이 임금님에게 진언한 것이 분명해요. 이번엔 매우 지혜롭게 대처하지 않으면 안 돼요."

그의 아내는 가만히 앉아서 골똘히 생각하더니 남편에게 말했다.

"조금 멀기는 하지만 당신은 우리 할머니이자 늙은 병사의 어머니에게 가서 도움을 청해야만 돼요. 그리고 그 할머니께서 무엇을 주면 그것을 갖고 곧 궁전으로 가세요. 저도 궁전에 있을 거예요. 일이 이쯤 되면 저도 더 이상 빠져나갈 방법이 없어요. 그들은 강제로 저를 데려갈 거예요. 그렇지만 그곳에 오래 있지는 않아요. 당신이 그 할머니가 지시하는 대로만 잘하시면 곧 저를 구해 낼 수가 있어요."

아내는 남편에게 여행 준비를 시키고 조그만 자루와 물렛가락을 내주었다.

"이것은 할머니에게 드리면 돼요. 이것을 보면 당신이 제 남편이라는 것을 아실 거예요."

아내는 남편에게 길을 알려 주었다. 예멜리얀은 여행길에 올랐다. 얼마쯤 걸어가니 병사들이 훈련을 하고 있었다. 예멜리얀은 잠시 서서 지켜보다가 그들이 훈련을 마치고 쉬는 틈을 타서 물어보았다.

"여보세요, 어딘지 모르는 곳을 가려고 하는데 어디로 가야 합니까? 그리고 무엇인지 모르는 것을 가져오려면 어떻게 해야 하는지 아십니까?"

병사들은 그 말을 듣자 놀라서 물어보았다.

"누가 당신에게 이런 명령을 내렸습니까?"

"임금님입니다." 예멜리얀이 대답했다.

"사실은 우리들도 병사가 된 날부터 지금까지 어딘지 모르는 곳을 향해 행진하고 있습니다. 그러나 아무래도 그곳에 도착할 수가 없어요. 그리고 우리들도 무엇인지를 모르고 물건을 찾고 있으나 좀처럼 그것을 찾을 수가 없소. 그러니까 우리들도 가르쳐 줄 수 없답니다."

예멜리얀은 잠시 병사들과 휴식을 취한 뒤 다시 길을 떠났다. 한참을 걸어가자 어느 숲에 당도했다. 숲속에는 작은 집 한 채가 있었다. 집 안에는 늙은 병사의 어머니가 앉아서 베를 짜고 있었는데 그 할머니는 손가락을 침이 아닌 눈물로 적시고 있었다. 할머니는 예멜리얀을 보자 소리쳤다.

"왜 왔소?"

예멜리얀은 그 할머니에게 물렛가락을 내보이며 아내가 자기를 이곳에 보냈다고 말했다. 그러자 할머니는 마음이 풀어져서 여러 가지를 물었다. 예멜리얀은 지금까지 일어난 일들을 모두 이야기했다. 어떻게 그 처녀와 결혼했는지, 어떻게 도시로 이사했는지, 어떻게 임금님의 궁전에 불려 가서 어떤 일들을 명령받았으며, 어떻게 사원을 세우고, 궁전 둘레에 배가 다니는 강을 만들었는지 그리고 이번에는 임금님이 어딘지 모르는 곳에 가서 무엇인지도 모르는 물건을 가지고 오라고 했다는 것까지 모두 이야기했다. 할머니는 이야기를 끝까지 듣고 눈물을 거두었다. 그리고 혼자서 속으로 중얼거렸다.

'마침내 때가 온 모양이군.'

"젊은이, 이젠 됐으니 앉게나. 먹을 것을 줄 테니."

예멜리얀이 식사를 마치자 할머니는 말을 시작했다.

"여기 실 꾸러미가 있네. 이것을 앞으로 굴려야 해. 그리고 그것이 굴러가는 뒤를 따라가야 하네. 아주 멀리 따라가면 해변까지 이를 거야. 바다 옆에는 큰 도시가 있고 그 도시로 들어서면 제일 끝 집으로 가서 하룻밤을 묵게 해 달라고 부탁하게. 그러면 그곳에서 젊은이가 필요한 것이 눈에 띌 거야."

"할머니, 그것을 어떻게 알 수 있을까요?"

"사람들이 부모의 말보다 더 잘 듣는 것을 발견하면 그것이 곧 젊은이가 찾고 있는 것이야. 그러면 곧 그것을 임금님에게 가지고 가게. 임금님에게 가져가면 임금님은 그런 것을 갖고 오라고 하지 않았다고 할 것이 틀림없어. 그때 젊은이는 이렇게 말씀드리게. '만일 이것이 아니라면 부숴 버려야 합니다.' 그리고 그것을 두드리면서 강 쪽으로 가서 사정없이 부숴 버린 후에 물에 처넣는 거야. 그렇게 하면 자네는 아내도 구할 수 있고, 내 눈물도 그치게 할 수가 있어."

예멜리얀은 그 할머니에게 작별 인사를 하고 집을 나와 실 꾸러미를 굴렸다. 실 꾸러미는 구르고 굴러 마침내 바닷가에 당도했다. 해안에는 커다란 도시가 있었고 예멜리얀은 도시의 끝에 있는 높은 집에 들어가 하룻밤만 묵게 해 달라고 부탁했다. 그는 그곳에서 하룻밤을 지냈다. 아침에 일어났더니 그 집의 주인이 이미 일어나 아들을 깨우며 장작을 패라는 소리가 들렸다. 그러나 아들은 말을 듣지 않았다.

"너무 이르잖아요? 천천히 해도 돼요."

그러자 난로 쪽에서 어머니의 목소리가 들려왔다.

"빨리 갔다 오너라. 아버지는 몸이 아파서 그래. 아버지에게 장작을 패 오라고 할 작정이냐? 뭐가 이르다는 거야."

그러나 아들은 뭐라고 중얼거리더니 다시 누워 버렸다. 자리에 눕자마자 갑자기 무서운 소리가 길거리에서 들려왔다.

아들은 벌떡 일어나 급히 옷을 입고 밖으로 뛰어나갔다. 예멜리얀도 아버지나 어머니보다도 더 그를 따르게 한 것이 무엇인지, 소리의 정체를 확인하기 위해 급히 일어나 아들 뒤를 뛰어나갔다.

예멜리얀은 한 사나이가 둥근 물건을 배에 달고 봉으로 둥둥 두드리며 거리를 걸어가고 있는 것을 보았다. 그것이 무서운 소리를 내는 정체이며 더구나 그것이 아들을 복종시키는 물건이었다. 예멜리얀은 가까이 다가서서 그것을 자세히 살펴보았다. 그것은 대야 같이 둥글고 양쪽에는 가죽을 씌운 것이었다. 그는 그것이 무엇이냐고 물었다.

"북이오."

"그러면 이것은 속이 비었군요?"

"그렇지. 텅 비었어."

예멜리얀은 깜짝 놀랐다. 그러고는 그것을 양도해 주겠느냐고 부탁했지만 그는 좀처럼 허락하지 않았다. 예멜리얀은 일단 단념하고 북 치는 사람의 뒤를 따라 걸었다. 하루 종일 따라다니다 마침내 북 치는 사람이 잠든 틈을 타서 북을 훔쳐서 도망쳤다. 예멜리얀은 있는 힘을 다해 뛰어서 겨우 자기가 살던 도시로 돌아왔다. 집에 도착하면 아내를 볼 것이라고 생각했지만 그녀는 이미 없었다. 그가 집을 떠난 다음 날 임금님은 그의 아내를 궁전에 데려간 것이었다.

예멜리얀은 궁전으로 찾아갔다. 그리고 왕께 알현을 청했다.

"어딘지 모르는 곳에서 무엇인지 모를 물건을 가지고 왔습니다."

신하들은 임금님에게 그대로 고했다.

임금님은 예멜리얀에게 내일 다시 오라고 명령했다. 예멜리얀은 물러나지 않고 다시 한번 전해 줄 것을 부탁했다.

"오늘 제가 온 이유는 명령하신 것을 가져왔기 때문입니다. 이것을 임금님에게 전해 주시고 이곳까지 나오시도록 해 주십시오. 그렇지 않으면 제가 들어가서 뵙겠습니다."

임금님이 나와서 물었다.

"너는 어디를 갔다 왔느냐?"

예멜리얀이 대답하자 임금님이 말했다.

"그곳이 아니다. 무엇을 가지고 왔느냐?"

예멜리얀은 그것을 보여 주려고 했으나, 임금님은 아예 보려고도 하지 않았다.

"그것도 틀렸다."

"이것도 틀렸어요? 그렇다면 이것을 두들겨 부숴 버려야겠습니다. 악마에게나 줘야지."

예멜리얀은 북을 들고 궁전을 나와 북을 두드렸다. 그가 북을 두드리자 임금님의 군사들은 모두 예멜리얀에게로 모여들었다.

그리고 그에게 경례하고, 그의 명령을 기다리고 있었다. 임금님은 창문으로 그 광경을 내다보고 군사들에게 예멜리얀을 따라가서는 안 된다고 소리쳤다. 그러나 임금님의 군사들은 임금님의 말을 듣지 않고 모두 예멜리얀을 계속 따라가고 있었다. 임금님은 이 광경을 지켜보다가 예멜리얀에게 아내를 돌려주라고 명령을 내리고, 북을 자기에게 넘겨 달라고 애원했다.

"천만에요. 안 됩니다. 저는 이 북을 부숴서 강물에 처넣으라는 말을 듣고 왔습니다."

예멜리얀은 북을 치면서 강가에까지 왔다. 군사들도 뒤를 따라왔다. 예멜리얀이 북을 두들겨 부숴서 강 속에 던져 버리자 군사들이 흩어져 달아나 버렸다. 그리고 예멜리얀은 아내를 데리고 집으로 돌아왔다.

이런 일이 있은 후 임금님은 예멜리얀을 괴롭히지 않았고 그리하여 두 사람은 행복하게 살았다.

무엇 때문에

‡

1

1830년 봄, 이미 고인이 된 친구의 외아들 이오시프 미구르스키란 청년이 조상 대대로 물려 온 소유지인 로잔카에 살고 있는 야체프스키를 찾아왔다.

야체프스키는 올해 예순다섯 살로 이마가 넓고 어깨가 떡 벌어지고 구릿빛 얼굴에 희끗희끗한 긴 수염이 난 노인으로, 제2차 폴란드 분할 당시의 애국자였다. 그는 청년 시절에 미구르스키의 아버지와 카스추슈카 기치하에 복무했고, 그가 계시적 탕녀라고 불렀던 예카테리나 2세와 배신자이며 혐오스러운 그녀의 정부情夫 표나토프스키를 열성적인 애국심으로 증오했다. 그리고 또한 아침이면 해가 떠오른다는 것을 믿듯이 폴란드 왕국(1569~1795)의 재흥을 믿었다.

1812년 그는 자신이 존경했던 나폴레옹 군대의 연대를 지휘했다. 비록 나폴레옹의 파멸이 그를 슬프게 했고, 제국은 불구가 되었지만 그는 폴란드의 재흥에 대한 희망을 잃지 않았다.

알렉산드르 1세에 의한 바르샤바에서의 국회 개원은 그의 희망을 부풀게 했으나 신성동맹, 온 유럽에서의 반동, 콘스탄틴의 우매함은 마음속 숙원의 실현을 멀게 하였다.

1825년, 야체프스키는 시골에 파묻혀 외부 출입을 삼가고 오직 자기의 영지 로잔카에 들어앉아 농사를 짓고 사냥을 즐겼으며, 신문과 편지를 읽으면서 여전히 자기 조국의 정치적 사건에 관심을 기울이고 있었다. 그는 가난하지만 미인인 폴란드 소귀족의 처녀와 재혼을 하였지만 이 재혼도 행복하지 못했다.

그는 재혼한 아내를 사랑하지도 존경하지도 않았고, 오히려 귀찮은 존재로 여기며 자기가 두 번째 장가를 든 것에 대한 잘못을 그녀에게 분풀이라도 하려는 것처럼 그녀를 학대했다. 이 아내에게는 소생이 없었고 전처에게서는 딸만 둘이 있었는데 자기의 미모에 자신이 있는 큰딸 반다는 시골에 묻혀 사는 것을 지겨워했다. 그리고 아버지의 귀여움을 독차지하는 말라깽이 작은딸 알비나는 생기가 넘치고 곱슬곱슬한 금발에 아버지를 닮은 넓은 미간, 반짝거리는 크고 푸른 눈을 가지고 있었다.

알비나는 이오시프 미구르스키가 찾아왔을 때 열다섯 살이었다. 미구르스키는 학생 시절에 야체프스키 가족이 월동

하고 있던 빌리노에 있는 그들의 집에 찾아왔으며, 반다에게 마음이 끌려 구애하기도 하였으나, 지금 장성한 청년으로서 그들의 마을에 찾아온 것은 처음이었다.

젊은 미구르스키의 방문은 로잔카의 주민 모두에게 즐거움을 주었다. 늙은이에게는 친구인 미구르스키의 아버지와 함께 보냈던 젊은 시절을 회상케 하는 그를 보는 것과, 더욱이 이 청년이 대단한 열의와 강한 장밋빛 희망을 가지고 폴란드뿐 아니라 그가 막 보고 돌아온 외국의 혁명 분위기에 대해 이야기를 들려 주는 것도 즐거운 일이다.

야체프스카야 부인은 영감이 손님 앞에서 자중하여 평상시처럼 그녀를 꾸중하지 않는 것이 즐거웠다. 반다는 미구르스키가 자기에게 청혼을 하려고 온 것이라고 확신하고 있었기 때문에 매우 즐거워했다.

그녀는 기꺼이 응낙할 마음의 준비를 하고 있었으나, 그에게 자신의 가치를 알리기 위해 조금 뜸을 들인 후 승낙해야겠다고 마음먹고 있었다. 알비나는 모든 사람들이 기뻐하고 있으므로 그녀 역시도 즐거웠다.

그런데 미구르스키가 그녀에게 청혼할 의도로 찾아온 것이라고 믿고 있는 사람은 반다 혼자만이 아니었다. 비록 말하는 사람은 아무도 없었지만, 이것은 집안의 모든 사람들

곧, 야체프스키 노인을 비롯하여 유모 루드비카까지 그렇게 생각하고 있었다.

그것이 사실이었다. 미구르스키는 그러한 의도로 찾아왔으나 일주일을 지내는 동안 무언가에 혼란스러워하고 마음의 동요를 일으켜 청혼을 하지 않고 떠나 버렸다. 모든 사람들은 뜻하지 않은 그의 떠남에 놀랐다.

그리고 알비나 이외의 어느 누구도 그 이유를 알지 못했다. 알비나는 이 뜻밖의 떠남에 자기가 원인임을 알고 있었다. 그가 로잔카에 체류하고 있는 동안 그녀는 미구르스키가 자기와 있을 때에만 특히 흥분하고 쾌활했다는 것을 눈치챘다. 그는 그녀를 마치 어린애 대하듯 했으며 그녀와 장난을 치고 놀기도 했다.

그러나 그녀는 여성의 본능으로 그러한 태도가 어린애에 대한 것이 아니라 여성에 대한 남성의 그것임을 느꼈다. 그녀가 그의 방에 들어섰을 때 그가 자기를 맞아들이며, 또 나갈 때 바래다 주는 그 사랑에 찬 눈빛과 상냥한 미소 속에서 그것을 느꼈다.

그녀는 스스로에게 명확한 대답을 주지는 못했지만 자신을 대하는 그의 태도는 그녀를 즐겁게 해 주었으며, 그녀도 그의 마음에 들기 위해 무의식중에 노력하고 있었다. 그녀가 무슨 일을 하든 그는 마음에 들어 했다. 그래서 그녀는 그와 같이 있는 자리에서 흥분하여 모든 것에 정성을 들였다.

그는 붉게 달아오른 그녀의 얼굴을 핥으며 뛰어오르는 멋진 홀트견과 함께 앞을 다투어 달리는 모습까지 마음에 들었다. 또한 하찮은 일에도 사람을 끌어들이는 밝은 웃음과 재미있어하는 모습도 마음에 들었고, 또 지루한 목사님의 설교를 들을 때 밝게 눈웃음을 치다가도 돌연히 진지한 표정이 되어 듣는 것도 마음에 들었다. 그리고 흔치 않은 정확성과 유머로 유모와 술에 취한 이웃, 그리고 미구르스키 자신을 이 모습 저 모습으로 순간적으로 표현하여 흉내 내는 것 역시 마음에 들었다.

그러나 무엇보다 가장 마음에 들었던 것은 마치 인생의 아름다움을 금방 완전히 깨닫고 그것을 마음껏 이용하려는 듯한 그녀의 쾌활하고 낙천적인 성격이었다. 그는 그녀의 이 특별한 낙천성이 마음에 들었으며 그녀의 이러한 성격은 그를 흥분시켰고 그에게 힘을 북돋아 주었다. 그리고 그녀는 자신의 낙천성이 그를 기쁘게 한다는 것을 알고 있었다.

그러한 연유로 반다에게 청혼을 하려고 왔던 미구르스키가 청혼을 하지 않은 채 왜 그냥 떠났는지 그녀만이 알고 있었던 것이다. 물론 그녀는 그 사실을 누구에게도 말하지 않고, 자신에게도 명확히 말하지 않았으나, 그가 언니를 사랑하고 싶어 했으나 언니가 아닌, 자신을 사랑하게 되었음을 마음속 깊이 알고 있었다.

알비나는 총명하고 교양 있는 미모의 반다와 비교했을 때 자기는 보잘것없는 존재로 여겼기 때문에 그의 이러한 사랑에 놀랐고, 기쁨을 느끼지 않을 수 없었다. 그리하여 자신의 온 힘을 다하여 미구르스키를 사랑하였다. 마치 일생에 있어서 처음이자 마지막인 것처럼……

2

늦여름에 신문은 파리의 혁명에 관한 소식을 전했다. 뒤이어 바르샤바에서 폭동이 일어날 조짐이 보인다는 소식이 전해졌다. 야체프스키는 공포와 희망이 뒤섞인 마음으로 콘스탄틴의 암살과 혁명의 발발에 관한 소식을 우편이 있을 때마다 기다렸다.

결국 11월 말, 망루望樓에 대한 습격과 콘스탄틴 파블로비치의 도피에 대한 소식, 국회가 폴란드 로마노프 왕가의 통치권을 빼앗고 흘로피츠키가 독재자로 선언되며 폴란드 국민은 또다시 자유를 누리게 되었다는 뉴스가 전해졌다. 폭동은 아직 로잔카까지는 확산되지 않았으나, 로잔카 주민은 모두 그 진행을 지켜보고 기대하면서 그것에 대비하고 있었다.

야체프스키 노인은 폭동의 주모자 중 한 사람과 서신을 교환하며 농사일을 하기 위해 고용한 것이 아닌 혁명 사업을 위하여 유대인을 비밀리에 거느렸으며, 결정적 시기에 폭동에 합류할 준비를 하고 있었다.

야체프스카야 부인은 평상시보다 더 많이 남편의 물질적인 편의에 신경을 썼고, 그 때문에 점점 더 그를 화나게 했다. 큰딸 반다는 바르샤바의 한 친구에게 자기의 보석과 귀금속을 혁명위원회에 헌금하도록 우송했다.

한편 알비나는 미구르스키가 하고 있는 일에만 관심을 기울였다. 아버지를 통해서 그가 드베르니츠키 부대에 입대했다는 것을 알았고 그래서 그녀는 그 부대에 관한 모든 것을 알려고 애썼다.

미구르스키는 두 번에 걸쳐 편지를 보내왔다. 첫 번째는 그가 군에 입대했다는 소식이었고, 두 번째는 2월 중순에 쓴 것으로 러시아군의 대포 6문을 노획하고 포로들을 생포한 스토체크 싸움에서의 폴란드군의 승리에 관한 환희의 편지였다. 그는 편지에 '폴란드군의 승리와 러시아군의 패배! 만세!'라고 끝맺고 있었다.

알비나는 기뻐 어쩔 줄을 몰랐다. 그녀는 지도를 보며 러시아군을 결정적으로 격파하게 될 장소와 시간을 헤아렸다. 그래서 아버지가 우체국에서 배달된 소포를 천천히 풀고 있을 때에 얼굴이 창백해지며 몸을 떨었다.

한 번은 새엄마가 그녀의 방에 들어갔다가 그녀가 바지와 모자 차림으로 거울 앞에 서 있는 것을 보았다. 알비나는 남장男裝을 하고 폴란드 군대에 합류하기 위해 집에서 뛰쳐나갈 채비를 하고 있었다.

새엄마는 그것을 아버지에게 알렸다. 아버지는 딸을 불러 그녀의 애국심에 대한 동감과 환희를 그녀 앞에서는 감추고, 전쟁에 나가겠다는 어리석은 생각을 포기할 것을 요구하면서 엄하게 꾸짖었다.

아버지는 이렇게 말했다. "여자에게는 할 일이 따로 있다. 그것은 조국을 위해서 자기를 희생하는 사람들을 사랑하고 위로하는 것이다."

현재 그녀는 아버지에게 기쁨과 위안을 주는 극히 필요한 존재였으며 앞으로는 남편에게 필요한 존재가 될 것이다. 그는 딸에게 어떻게 해야 하는가를 알고 있었다. 그녀에게 자기는 실로 고독하다는 것과 불행하다는 것을 넌지시 비치며 그녀에게 입을 맞추었다. 그녀는 눈물을 감추려고 하였으나 아버지 어깨에 얼굴을 기대어 아버지 잠옷의 소매를 적셨다. 그리고 아버지의 승낙 없이는 어떠한 일도 하지 않겠다고 약속했다.

3

폴란드가 분할되고 그 일부가 증오할 독일인들의 수중에 들어가고, 다른 일부가 더욱 증오할 러시아인들의 지배하에 놓이게 되었다.

그 이후에 폴란드 사람들이 경험한 것과 같은 일을 경험한 사람들만이 1830년과 1831년에 해방을 위한 이전의 불안한 시도 후에 새로운 해방의 희망이 현실로 이루어졌을 때 폴란드인들이 경험했던 그 환희의 기분을 이해할 수 있을 것이다.

그러나 이 희망은 오래 지속되지 못했다. 세력의 불균형 때문에 혁명은 또다시 좌절되고 말았다. 이번에도 무의미하게 복종하는 수만의 러시아인들이 폴란드로 몰려와 혹은 자비치 또는 파스케비치와 최고 관리자인 니콜라이 1세의 지휘하에 무엇 때문에 자기들이 그러한 짓을 하고 있는지조차 알지 못했다. 자기들의 형제인 폴란드인의 피로 땅을 물들이고, 또 폴란드인의 자유라든지 박해 같은 것은 생각지도 않고 오직 자신들의 탐욕과 엉뚱한 허영심을 채우는 일에만 급급한 허약하고 한심스러운 자들의 지배하에 다시 놓이게 되었다.

바르샤바는 점령당하고 독립 부대들은 격파당했다. 수백, 수천 명의 사람들은 총살을 당하고 매를 맞고 또는 추방당했다. 추방당한 사람 중에는 젊은 미구르스키도 포함되어 있었다. 그의 땅은 몰수당하고 그 자신은 우랄스크의 상비대로 배속되었다.

야체프스키 가족은 1831년 노인이 심장병으로 고생하기 시작한 이후부터 노인의 건강을 위해서 1832년의 겨울을 빌리노에서 지냈다. 요새要塞에서 근무하고 있는 미구르스키가 보낸 편지가 이곳에 도착했다.

그 편지에는 그가 어떠한 고통이 있어도 견뎌 냈으며, 그리고 앞으로도 참고 견뎌 나가지 않으면 안 될 일, 조국 폴란드를 위해 받는 고통을 자기는 기뻐하고 있고, 자기 일생의 일부분을 바친 거룩한 사업에 실망하지 않고 있으며, 나머지 생애도 바칠 각오와 만일 내일이라도 새로운 가능성이 발견되면 자기는 분연히 투신하겠다고 적혀 있었다.

소리 내어 편지를 읽으면서 노인은 이 대목에서 흐느껴 울기 시작하였기 때문에 나머지 부분을 다 읽지 못했다. 그래서 큰딸 반다가 이 편지의 나머지 부분을 읽었는데, 미구르스키는 자기의 생애에 있어서 영원히 가장 밝은 하나의 점으로 남게 될 그 마지막 방문 때 자기 가슴에 품었던 계획과 꿈이 비록 어떤 것일지라도 지금은 말할 수도 없고 또 말하고 싶지도 않다고 쓰고 있었다.

반다와 알비나는 이 말의 뜻을 자기 나름대로 이해했으나 그것을 아무에게도 밝히지 않았다. 이 편지의 마지막에서 미구르스키는 모든 사람들에게 안부를 전했다.

특히 지난번 방문 때 알비나를 대했던 것 같은 그런 장난기를 띤 어조로, 홀트견을 몰면서 지금도 그렇게 날째게 뛰어다니고 있으며 낯선 사람들의 흉내를 내고 있느냐고 물었다. 그는 노인 영감에게는 건강과, 어머니에게는 가사에 대한 즐거움과, 반다에게는 훌륭한 배우자가 있기를, 알비나에게는 그 쾌활성을 계속 간직하라고 기원했다.

4

야체프스키 영감의 건강은 점점 나빠져서 1833년 온 가족은 외국으로 이주했다. 반다는 바덴에서 어떤 부유한 폴란드인 망명자를 만나 그와 결혼을 했고 노인의 병은 급속히 악화되어 결국 1833년 초 외국에서 작은딸 알비나의 품에 안겨 숨을 거두었다. 그는 아내에게 병간호를 맡기지 않았으며, 마지막 순간까지 그녀와 재혼하여 그가 저지른 잘못을 사과하지 않았다.

야체프스카야 부인은 알비나와 함께 고향의 땅으로 돌아왔다. 알비나의 생활에 있어서 가장 중요한 관심은 미구르스키에게 있었다. 그녀의 눈에는 그가 자기의 한평생을 바쳐 섬길 수 있는 가장 위대한 영웅이자 순교자였다. 외국으로 나가기 전까지는 아버지가 요청하여 그와 서신 교환을 시작하다가 그다음에는 서로 직접 편지를 주고받았다. 아버지가 돌아가신 뒤 그녀는 고향으로 돌아와 그와 서신 교환을 계속했다.

그리고 그녀가 열여덟 살이 되던 해 새엄마에게 자기는 시집을 가기 위해 미구르스키가 있는 우랄스크로 가기로 결심했다고 말했다. 새엄마는 미구르스키가 부유한 집 딸을 유혹하여 딸에게 자기의 고통을 분담시키고 편하게 지내려 한다고 그를 힐난하였다.

알비나는 화가 나서 새엄마에게 자기 나라 국민을 위하여 모든 것을 희생한 사람에게 그런 비열한 생각을 하는 사람은 당신뿐일 것이라고 말하며, 그는 오히려 돕겠다는 알비나의 제안조차 거절하고 있다는 것과 그리고 그에게 찾아가서 그가 만일 자기에게 그러한 행운을 줄 마음만 먹는다면 그와 결혼하겠다는 굳은 결심을 말했다.

알비나는 성인이 되었고, 숙부가 돌아가시면서 두 조카 딸에게 남긴 30만 즐로티(폴란드의 화폐단위)의 돈을 가지고 있었다. 그러니 그녀의 결심은 그 어떤 것으로도 꺾을 수 없었다.

1833년 11월, 알비나는 마치 죽음의 길을 나서는 사람처럼 멀고 먼 야만스러운 러시아 사람들의 나라로 떠나보내는 집안 식구들과 작별 인사를 나누고 충실한 늙은 유모 루드비카를 데리고 먼 여정을 위해 새로 손질한 아버지의 마차에 몸을 실었다.

5

　미구르스키는 병영兵營에서 살지 않고 자기의 개인 주택에서 살고 있었다. 니콜라이 파블로비치는 폄척貶斥당한 폴란드인들이 단지 엄격한 사병 생활의 고통만 견뎌 내는 것이 아니라 병사 생활을 하는 동안에 받는 모든 푸대접을 감내할 것을 요구하고 있었다.

　그러나 이러한 그의 명령을 준수해야만 했던 대부분의 평범한 사람들은 폄척당한 사병들의 고통을 이해하고 있었으며, 그 명령을 어김으로써 생기는 위험에도 불구하고 그 명령에 불복하였다.

　미구르스키가 속해 있는 부대의 대대장은 겨우 문맹을 면한 사병 출신으로, 전에는 부유하였으나 지금은 모든 것을 박탈당한 교양 있는 이 젊은이의 처지를 이해하고 존경했으며 모든 일에서 그를 관대히 대해 주었다. 그래서 미구르스키도 병사다운 얼굴에 흰 구레나룻을 하고 있는 육군 중령의 온후함을 높이 사지 않을 수 없었으며, 그의 온정을 보답하기 위해 사관학교 입학시험을 준비하고 있는 그의 아들에게 수학과 프랑스어를 가르쳐 주었다.

　벌써 7개월이 된 우랄스크에서의 미구르스키의 생활은 단

조롭고 침울하고 지루할 뿐만 아니라 고통스럽기까지 하였다. 아는 사람이라고는 되도록 멀리하려고 하는 대대장 외에 여기에서 생선 가게를 차리고 있는 딱 한 사람, 교양도 별로 없는 교활하고 불쾌하며, 추방당해 온 폴란드인이 있을 뿐이었다.

미구르스키는 이 궁색한 생활에 익숙해지기 매우 어려웠다. 재산을 몰수당한 뒤에는 가진 것이 아무것도 없어서 다만 자기에게 남은 금붙이를 팔아서 겨우겨우 살아가고 있었다.

추방되어 온 이후 그의 생활에서의 유일한 기쁨은 알비나와의 서신 교환과 로잔카의 방문 때부터 그의 머릿속에 남아 있으며, 지금의 추방된 땅에서 더욱 아름다워져 가는 추억이었다.

그녀는 편지 중에 지난번 그가 편지에 적었던 '내 희망과 꿈이 비록 어떠한 것일지라도'라는 말의 뜻을 그에게 묻고 있었다. 그는 그녀에게 이제 자기의 희망이 그녀를 아내로 맞으려는 것이었다고 고백했다.

그녀는 그를 사랑하고 있다고 회답하였다. 그러나 그는 이루어질 수도 있었던 그것이 지금으로서는 불가능하다고 생각하는 것이 두렵기 때문에 그녀가 그러한 말을 쓰지 않았으면 좋았을 것이라고 회답했다.

그러자 그녀는 그것이 가능할 뿐만 아니라 반드시 그렇게 될 것이라고 회답했고 그는 그녀의 희생을 받아들일 수 없으며, 자기의 현재 상태로써 그것이 불가능하다고 회답했다.

이와 같은 편지를 보내고 난 후, 2,000즐로티의 송금 수표를 받았다. 봉투의 글씨로 보아 그것이 알비나의 것임을 알고, 처음에 온 편지 중에 자기는 지금 필요한 모든 것, 즉 찻값, 담뱃값, 심지어는 책값까지도 벌어서 만족을 느끼고 있다고 써 보낸 적이 있었던 것이 떠올랐다.

그는 그 돈을 다른 봉투에 넣어 두 사람의 거룩한 관계를 돈으로 망치지 말길 바란다는 편지를 써서 도로 부쳤다. 그는 이제 생활에는 어려움이 없으며, 그녀와 같은 벗을 가지고 있다는 걸 생각하면 더할 수 없는 행복을 느낀다고 썼다. 이것으로써 그들의 서신 교환이 끊어졌다.

11월, 미구르스키가 육군 중령 집에서 아이들을 가르치고 있을 때 우편 마차의 방울 소리가 들리고 얼어붙은 눈 위에서 썰매의 활목이 삐걱거리는 소리가 나더니 우편 마차가 현관 앞에 멈췄다. 어린아이들은 누가 왔나 보려고 뛰어나갔고 미구르스키도 문 쪽을 바라보고 아이들이 돌아오기를 기다리고 있었다. 그러나 문을 열고 들어선 것은 중령 부인이었다.

"선생님, 어떤 여자분들이 찾아와 당신을 찾고 있어요. 어쩌면 고향에서 찾아온 사람들일지도 몰라요. 폴란드 사람들 같아요."

만일 미구르스키에게 당신은 알비나가 찾아올 것으로 생각하느냐고 묻는다면 그는 생각조차 할 수 없는 일이라고 말했을 것이다. 그러나 가슴속 깊은 곳에서 그는 그녀를 기다리고 있었고 피가 심장에서 역류하는 것 같았다.

그는 숨을 몰아쉬며 현관으로 뛰어나갔고 현관에는 얼굴에 기미가 낀 한 뚱뚱한 여자가 머리에서 수건을 풀고 있었다. 또 한 여자는 중령 집 문을 들어서고 있었다. 그 여자가 등 뒤에서 들려오는 발소리를 듣고 뒤돌아보았을 때 그는 수건 밑으로 알비나의 삶의 기쁨이 가득하고 희망에 빛나는 넓은 미간의 파란 두 눈동자를 보았다.

그녀의 속눈썹엔 하얗게 서리가 내려 있었고 그는 넋을 잃고 우두커니 서 있었다. 그들은 어떻게 맞이하고 어떻게 인사말을 해야 할지를 몰랐다.

"유죠!"

그녀는 그의 아버지가 불렀던 것처럼 미구르스키를 부르며 소리쳤다. 그리고 두 팔로 목을 끌어안아 그의 얼굴에 자기의 빨개진 찬 얼굴을 비벼 댔다. 그리고 웃었으며 결국엔 울음을 터뜨렸다.

알비나가 어떠한 여자이며 무엇 때문에 그녀가 찾아왔는지를 알고, 마음씨 착한 중령 부인은 그녀를 맞아들여 결혼할 때까지 자기 집에서 지내도록 했다.

6

마음씩 착한 육군 중령은 두 사람의 결혼 승낙을 상급 관청에서 겨우 받아 냈다. 오렌부르크에서 목사가 오고 미구르스키의 결혼식은 치러졌다. 대대장의 부인이 신부의 대모代母가 되었고 그가 가르치는 학생 중에서 한 아이가 성상을 받들고, 추방되어 온 폴란드인 보르조프스키가 신랑의 들러리가 되었다.

그 후 알비나는 자기 남편을 더욱 열렬히 사랑했다. 그녀는 그에 관해 전혀 모르고 있었고 이제야 비로소 남자로서의 그를 만나게 된 것이다.

그녀는 정욕과 피를 가진 한 살아 있는 인간에게서 자신이 상상 속에 간직해 왔고 키워 왔던 것 중에는 없었던 많은 비속하고 시적詩的이 아닌 여러 점들을 발견했다. 또한 그와 반대로 인간의 정욕과 피를 가진 사람이기 때문에 그런 추상적인 것 속에는 없었던 많은 소박하고 훌륭한 점들도 그에게서 발견했다.

그녀는 아는 사람들이나 친구들에게서 그가 전쟁터에서 용감했다는 이야기를 들었으며, 재산과 자유를 잃었을 때 그의 대담성에 관해서도 알고 있었고, 늘 고상한 생활을 하는 영웅으로서 그를 상상하고 있었다.

실제로 그는 당당한 체격과 용감성을 지니고 있었지만 극히 온화하고 겸손한 어린양이었다. 그는 또한 선량한 농담을 즐길 줄 아는, 그리고 이미 로잔카에 있을 때 그녀를 매혹시켰던 황금빛 수염으로 둘러싸인 감성적인 입술의 순진한 미소를 지니고 있었다. 특히 임신 중에 그녀를 힘들게 했던 꺼지지 않는 담배 파이프를 가진 극히 평범한 인간이었다.

미구르스키 역시 이제야 비로소 알비나를 알았다. 그리고 알비나에게서 처음으로 여자를 알았다. 결혼 전에 알았던 여자들에게서는 여성이라는 것을 느끼지 못했다. 그리고 여자로서 알비나에게서 보게 된 것이 그를 놀라게 했다.

알비나의 부드럽고 감사에 넘친 감정을 느끼지 못했다면, 곧 일반적인 여자로서 그를 실망시켰을지도 모른다. 그는 여성으로서의 알비나에 대해서 부드럽고 약간의 아이러니컬한 관용을 품었고, 부드러운 애정뿐만 아니라 커다란 환희와 자기에게 분에 넘치는 행복을 안겨 준 그녀의 희생에 대한 보상하지 못한 부채負債 의식까지도 느꼈던 것이다.

미구르스키 부부는 온 사랑을 서로에게 쏟고, 낯선 사람들 사이에서 한겨울에 길을 잃고 언 몸을 서로 녹여 주는 따뜻한 감정을 느끼며 더없는 행복을 느꼈다.

미구르스키 부부의 행복한 생활에 언제나 헌신적인 태도로 도움을 주는 동거자, 아무런 악의도 없이 투덜거리기를 좋아하며 조금은 코믹하고 모든 남자들을 넋을 잃고 바라보는 유모 루드비카가 끼여 있었다.

한 해가 지나자 사내아이가 태어났다. 다시 일 년 반 뒤에는 여자아이가 태어났다. 사내아이는 어머니의 눈과 장난기와 우아함을 꼭 닮고 있었다. 여자아이는 건강하고 예뻤으며 미구르스키 부부는 자녀들을 보면서도 행복했다.

불행한 것이 있다면 조국을 멀리 떠나 있다는 것과 본래 자기들의 지위와 생활보다 거리가 먼 환경에 적응하지 못한 데서 오는 괴로움뿐이었다.

특히 알비나는 유죠에 대한 형편없는 대우 때문에 더욱 괴로워했다. 그녀의 유죠, 그녀에게 영웅이며 이상인 그가 모든 장교 앞에서 부동자세를 취하고 총의 조작을 연습해야 했고 보초가 되어 모든 명령에 고분고분 복종해야 했다.

그뿐만 아니라 폴란드에서 일어나는 소식들은 더없이 슬픈 것들이었다. 그것은 모든 일가친척과 벗들이 추방당하거나, 재산을 몰수당하고 국외로 도피했다는 소식이었다.

미구르스키 부부는 이러한 현실이 언제 끝날지 짐작할 수가 없었다. 사면赦免을 받거나 현재의 처우를 개선하거나 또는 장교로 승진해 보려는 온갖 운동의 시도도 목적을 달성하지 못했다.

니콜라이 파블로비치는 열병閱兵, 관병식觀兵式 연습을 끊임없이 거행하고 가면무도회에 나가 광대들과 놀기도 하고 추구예프에서 노보로시스크, 페테르부르크, 모스크바로, 온 러시아를 말을 몰고 다니면서 국민들을 놀라게 하였다.

어떤 용기 있는 사람이 자신들이 항상 찬양하고 있는 조국에 대한 사랑 때문에 추방당하고 고통받던 12월, 당원들이나 폴란드인들의 형벌을 경감시켜 줄 것을 그에게 청원했을 때, 그는 가슴을 내밀면서 흐릿한 눈을 한 군데 못박고 이렇게 말했다.

"그대로 두게. 아직 일러."

마치 언제까지가 시기상조이며 어느 시기가 적당한지를 다 아는 듯이 말했다. 이리하여 그 주위의 장군, 시종관, 또 이들의 부인들 등 그 모든 측근자들은 누구나 이 위대한 사나이의 뛰어난 통찰력과 총명함에 감동하는 것이었다.

그래도 대체로 미구르스키의 생활에는 불행보다는 행복한 점이 많았다. 그들은 이렇게 5년이란 세월을 보냈는데 갑자기 뜻하지 않은 커다란 슬픔이 그들에게 닥쳤다. 먼저 여자아이가, 이틀 뒤에는 사내아이가 병에 걸렸다. 사내아이는 사흘 동안 앓다가 의사의 도움도 받지 못하고 나흘째에 죽고 말았고 그 이틀 뒤에는 여자아이도 죽어 버렸다.

알비나가 우랄강에 투신자살하지 않은 것은 자신의 자살 소식을 들었을 때의 남편 마음을 헤아리기가 너무나 두려웠기 때문이었다. 그러나 산다는 것이 그녀에게는 너무 괴로운 일이었다. 전에는 그토록 부지런하고 명랑하던 그녀가 이제는 모든 가사를 루드비카에게 맡기고 몇 시간이고 무엇 하나하지 않고 눈에 보이는 것을 멍하니 바라보고 앉아 있었다.

때론 갑자기 일어나 자기 방으로 뛰어 들어가 남편과 루드비카의 위로에도 불구하고 고개를 저으며 제발 혼자 있게 해 달라고 애원하면서 조용히 울기 시작했다.

여름이 되자 그녀는 아이들의 무덤을 찾아가 아이들이 살아 있을 때의 일과 만일 의사의 도움을 쉽게 받을 수 있는 도시에서 살았다면 어린 자녀들이 이렇게 죽지 않았을 것이라는 생각으로 가슴을 쥐어짜며 앉아 있곤 했다.

'무엇 때문에, 무엇 때문에?' 하고 그녀는 생각했다.

"유죠도 나도, 단지 그가 태어난 그대로 그의 부모나 조부모가 살았던 것처럼 살고, 나는 오직 그와 함께 살며 그를 사랑하고 자식들을 사랑하며, 또 그들을 양육하며 살아가는 것 외에 어떤 것도 바라지 않는다. 그런데 남편은 조국에서 추방되어 이 고통을 당하고 있고, 나는 내게 있어서 태양보다 더 귀한 것을 빼앗기고 말았다. 왜? 무엇 때문에? 무엇 때문에?"

그녀는 이런 물음을 사람들에게, 신에게 퍼부었다. 그러나 그녀는 그 어떤 대답의 가능성도 기대할 수 없었다. 하지만 그것에 대한 대답 없이는 살아갈 수 없었다. 그리하여 그녀의 생활은 멈춰 버렸다. 전에는 그녀의 여성다운 감각과 우아함으로 꾸밀 줄 알았던 초라한 추방 생활이 이제는 더 이상 유지되지 않았다. 그녀뿐만 아니라 그녀를 어떻게 위로해야 할지 몰라서 고통받고 있는 미구르스키에게도 견디기 어려운 일이었다.

7

미구르스키 부부에게 있어서 가장 괴로웠던 이 시기에 추방당한 폴란드 신부 시로친스키의 주동에 의하여 시베리아에서 일어난 폭동과 탈주 계획에 참여했던 폴란드인인 로소로프스키가 우랄스크에 도착했다.

로소로프스키는 미구르스키처럼, 태어났을 때 그대로, 즉 폴란드인이 되고자 한 것 때문에 시베리아로 추방당한 수천의 사람들처럼 그 일에 참가하여 태형을 당하고 미구르스키가 있는 대대에 배속된 사람이었다. 전직 수학 교사인 로소로프스키는 양쪽 볼이 움푹 들어가고 이마에 주름이 많은 데다가 훤칠한 키에 등이 조금 굽은 깡마른 사내였다.

도착하던 첫날 저녁에 미구르스키 집에서 차를 마시면서 자연스럽고 침착한 목소리로 자기가 고통받았던 사건에 대하여 이야기했다. 그 사건은 이러했다.

신부 시로친스키는 시베리아 전체를 포함한 비밀 결사대를 조직했다. 그 목적은 카자흐 부대와 상비대에 소속되어 있는 폴란드인들의 도움으로 병사들과 유배되어 온 죄수들로 하여금 폭동을 일으키게 하고, 옴스크에 있는 포병대를 점령하여 모든 사람들을 해방시킨다는 것이었다.

"그런데 그것이 정말 가능했습니까?"

미구르스키는 물었다.

"잘 되었고 말고요. 모든 것이 다 준비되었으니까요."

로소로프스키는 침울하게 얼굴을 찌푸리면서 차분한 음성으로 해방 계획의 전모와 성사를 위한 모든 수단과, 실패로 돌아갔을 때 주동자들을 구출하기 위하여 마련된 모든 방법을 이야기했다. 두 놈의 배신자만 없었다면 성공은 확실한 것이었다.

로소로프스키의 말에 의하면 시로친스키는 천재적이고 위대한 정신력의 소유자였다는 것이다. 그는 영웅답게 그리고 순교자로 명예롭게 죽은 것이다. 로소로프스키는 조용하고 한결같은 음성으로 그가 사령관의 명령에 따라서 모든 주동자들과 함께 지켜보아야만 했던 처형에 관한 이야기를 자세히 설명했다.

"그러니까 2개 대대의 병사들이 긴 통로처럼 두 줄로 서 있었고, 병사들 하나하나의 손에는 가느다란 회초리가 들려 있었는데 그 회초리는 총구에 꼭 세 개가 들어갈 수 있는 규격화된 것이었죠. 맨 먼저 의사 샤칼스키가 끌려왔습니다.

두 병사가 그를 끌고 왔는데 회초리를 든 병사들은 그가 자기네 앞을 통과할 때 발가벗겨진 등을 사정없이 내리쳤습니다. 나는 그 사람의 얼굴을 내가 서 있는 곳에 다가왔을 때 비로소 보았습니다.

처음에는 북소리만 들렸으나 이윽고 회초리를 내리치는

소리와 등에 맞는 소리가 들려서 그가 다가오고 있다는 것을 알았습니다. 나는 병사들이 총을 잡고 그를 끌고 가는 것을 보았고 그는 부들부들 떨면서 고개를 좌우로 돌리면서 갔습니다.

한 번은 우리 곁을 지나갈 때 러시아인 의사가 '너무 심하게 때리지 마십시오.'라고 병사들에게 말하는 소리를 들었어요. 그러나 그들은 사정없이 내리쳤어요. 그가 내 곁을 두 번 지나갔을 때에는 이미 자기 발로 걷지 못하고 끌려갔습니다. 그의 등은 너무나 참혹해 차마 볼 수가 없었어요. 나는 눈을 감았습니다.

그는 결국 쓰러져 실려 나갔고 다음에 두 번째 사람이 끌려왔어요. 그리고 세 번째 사람이, 또 네 번째 사람이 끌려왔습니다. 모두들 쓰러졌어요. 어떤 사람은 겨우 살아서 들려 나갔습니다. 우리들은 모두 그것을 서서 지켜보고 있어야만 했습니다. 처형은 이른 아침에 시작되어 오후 2시까지 여섯 시간이나 계속되었습니다.

마지막으로 시로친스키, 그 사람이 끌려왔습니다. 나는 오랫동안 그를 보지 못했습니다. 그는 몰라볼 만큼 늙었더군요. 주름투성이에 면도를 한 그의 얼굴은 파리했습니다. 발가벗은 몸뚱이는 말라서 뱃가죽이 붙어 갈비뼈만 앙상하게 드러났습니다. 그 역시 다른 사람들과 마찬가지로 한 대 맞을 때마다 몸을 떨고 머리를 흔들면서 걸었지만, 신음 소리한 번 내지 않고 소리 높여 기도하고 있었습니다. '주여, 나를 불쌍히 여겨 주십시오. 당신의 자비로……' 나는 내 귀로 그것을 들었습니다."

로소로프스키는 목이 메는 듯, 입을 굳게 다물고 큰 소리를 내며 코를 훌쩍였다. 창가에 앉아 있던 루드비카는 손수건으로 얼굴을 가리고 흐느껴 울었다.

"그만하십시오. 더 이상 못 듣겠습니다. 짐승 같은 놈들!"

미구르스키는 그렇게 외치면서 파이프를 내던지고 의자에서 벌떡 일어나 빠른 걸음으로 어두운 침실로 가 버렸다. 알비나는 마치 돌처럼 꼼짝도 않고 한쪽 구석에 눈길을 고정하고 앉아 있었다.

8

다음 날, 미구르스키는 아이들을 가르치고 집에 돌아와서 아내의 모습에 깜짝 놀랐다. 그녀는 옛날처럼 쾌활하고 즐거운 모습으로 남편을 안방으로 데리고 갔다.

"저 유죠. 좀 들어 봐요."

"무슨 말이오. 뭐요?"

"나는 어젯밤 내내 로소로프스키가 이야기한 것을 생각해 봤어요. 그래서 결심했어요. 나는 이렇게는 살 수 없다. 여기서는 살 수 없다고. 더 참을 수 없어요! 차라리 죽었으면 죽었지 이런 곳에서 더 이상 살지 못하겠어요."

"그럼 어떻게 하면 좋지?"

"도망가는 거예요."

"도망가자고? 어떻게?"

"거기에 대해 궁리를 했어요. 들어 보세요."

그녀는 이렇게 말하고 어젯밤에 궁리한 계획을 남편에게 이야기했다. 그 계획이란 이러했다. 미구르스키가 저녁에 집을 나가 우랄강 언덕에 자기 외투를 벗어 놓고, 그 외투에는 유서를 남겨 둔다. 그러면 사람들은 그가 자살한 것으로 생각할 것이고 시체를 수색할 것이며 이어 상부에 보고될 것이다. 그녀는 아무에게도 발각되지 않게 그를 숨긴다. 한 달쯤은 숨어 살 수 있을 것이다. 그리하여 모든 것이 잠잠해졌을 때 계획대로 그들은 달아난다.

미구르스키가 그녀의 계획을 처음 들었을 때에는 실행 가능성이 없는 것으로 생각되었다. 그러나 그날 밤 그녀가 아주 적극적으로 확신을 가지고 설득하는 바람에 그는 결국 동의했다.

그가 동의한 이유는 만일 탈출에 실패했을 경우에는 로소로프스키가 이야기했던 일이 미구르스키에게 닥칠 테지만, 성공한다면 그녀를 자유의 몸으로 해방시켜 주는 결과를 가져올 것이다. 어린 자식들이 죽은 후에 이곳의 생활이 그녀에게 얼마나 고통스러웠던가를 알고 있기 때문이었다.

로소로프스키와 루드비카에게도 이 계획을 알렸다. 오랜 상의와 변경과 수정을 거쳐 탈출 계획을 짰다. 처음에는 이렇게 실행하려고 했다. 미구르스키가 자살한 것으로 꾸민 뒤 혼자 걸어서 도망간다. 그러면 알비나는 마차를 타고 약속된 장소에서 그를 만난다는 것이다.

그러나 로소로프스키의 이야기에 의하면 최근 5년 동안에 시베리아에서 그 많은 탈출 시도에서 성공한 예는 꼭 한 사람뿐이었다는 것이다. 그래서 알비나는 다른 계획 즉, 유죠가 마차에 숨어 그녀와 루드비카와 함께 사라토프까지 간다는 계획이었다.

사라토프에 도착한 그는 옷을 갈아입고 볼가강을 따라 내려가서 사라토프에서 보트를 빌려 타고 아스트라한까지, 그리고 카스피해를 거쳐 페르시아로 항해한다는 것이었다. 이 계획에는 로소로프스키도 동의했다. 그러나 마차 속에 관헌의 주의를 끌지 않고 사람 하나를 숨길 수 있는 장소를 어떻게 만드느냐는 것이 문제였다.

어느 날, 알비나가 어린 자식들의 무덤을 다녀와서는 낯선 땅에 아이들의 뼈를 두고 간다는 것이 여간 가슴 아픈 일이 아니라고 로소로프스키에게 말했다. 그는 잠시 생각을 하더니 이렇게 말했다.

"당국에 어린애들의 관을 가지고 돌아가고 싶다는 허가를 신청해 보십시오. 반드시 허가를 받을 것입니다."

"아니에요, 싫어요. 나는 그런 일은 못 해요."

알비나는 거부했다.

"그렇게 해 보세요. 거기에 모든 해결점이 들어 있습니다. 관을 구하는 것이 아니라 관 대신 큼직한 궤짝을 짜서 그 속에 유죠를 숨기는 거예요."

처음에는 알비나가 거절했다. 아이들에 대한 추억에 이런 속임수를 관련시키는 것이 꺼림칙했기 때문이었다. 그러나 미구르스키가 이 계획에 기꺼이 동의하자 그녀도 찬성했다.

그리하여 최종적으로 확정된 안은 다음과 같은 것이었다.

미구르스키는 그가 투신자살한 것으로 당국에서 믿도록 완벽한 행동을 한다. 그의 죽음이 인정되었을 때 알비나는 남편이 죽은 뒤 고국으로 돌아가기로 하고, 어린애들의 뼈를 가지고 가려고 결심을 당국에 신청한다. 이 허가가 떨어졌을 때 무덤을 파고 관을 입수한 것처럼 한다.

그러나 관은 그 자리에 두고 준비해 놓은 궤짝에 미구르스키가 들어간다. 궤짝은 마차 속에 실리고 그대로 사라토프까지 간다. 사라토프에서 그는 배를 타고 배를 타면 궤짝에서 나온다. 그리하여 그들은 카스피해까지 배를 타고 가서 거기에서는 페르시아로 가든지 터키로 가든지 하면 된다. 그리곤 자유이다.

9

먼저 미구르스키 부부는 루드비카를 고국으로 돌려보낸다는 이유로 여행 마차를 샀다. 다음에 마차 속에다 사람 하나가 들어가 있어도 질식하지 않고 비록 몸을 웅크리기는 해도 누울 수 있는, 그리고 쉽게 의심이 가지 않을 정도로 빠른 동작으로 출입할 수 있는 궤짝을 만들기 시작했다.

알비나, 로소로프스키, 그리고 미구르스키 세 명이 고안하여 만들었는데 특히 훌륭한 손재주를 가진 로소로프스키의 도움이 컸다. 그리하여 궤짝은 완성되었다. 그 궤짝은 마차의 뒤쪽 차체에 꼭 맞게 설치되었으며, 차체에 맞게 만든 칸막이는 벗길 수 있어서 칸막이를 빼면 몸의 한 부분은 궤짝에, 그리고 또 다른 부분은 마차 밑에 누울 수 있도록 만들어졌다.

뿐만 아니라 궤짝 속에는 공기가 통하도록 구멍을 뚫고, 그 윗면과 측면은 멍석을 깔고 새끼로 묶어 두었다. 거기서의 출입은 자리가 만들어져 있는 마차를 통해서 다닐 수 있었다.

여행 마차와 궤짝이 마련되자 이번에는 당국에 대한 대비를 위해 남편이 실종되기 전에 알비나는 미리 육군 대령을 찾아가 남편이 요즈음 우울증에 빠져 자살을 기도했다며 자기의 남편이 걱정되니 당분간 그에게 휴가를 좀 주었으면 좋겠다고 건의했다.

그녀의 외교 수완은 이런 때 큰 도움을 주었다. 그녀에 의해서 연출된 남편에 대한 불안과 걱정은 너무나 자연스러워서 결국 대령을 감동시켜 가능한 노력해 보겠다는 약속을 받아 냈다.

뒤이어 미구르스키는 우랄강의 언덕에 벗어 놓은 자기 외투에서 발견되게 되어 있는 편지를 작성했다. 그리고 약속된 날 저녁에 우랄강으로 나가 어두워지기를 기다렸다가 강 언덕에 편지가 든 외투를 벗어 놓고 아무도 모르게 집으로 돌아왔다. 자물쇠가 잠긴 천장방 위에 그를 위한 장소가 준비되어 있었다.

밤이 깊어지기를 기다렸다가 알비나는 루드비카를 육군 대령에게 보내 남편이 약 스무 시간 전쯤 집을 나간 뒤 돌아오지 않는다고 알렸다. 그리고 아침이 되자 그녀에게 남편의 편지가 전달되었다. 그녀는 아주 절망적인 모습으로 눈물을 흘리면서 그것을 가지고 육군 대령에게로 갔다.

일주일 뒤 알비나는 고국으로 떠나겠다는 청원을 냈다. 미구르스키의 부인에 의해서 표현된 슬픔은 그녀를 지켜본 모든 사람들을 감동시켰다. 모든 사람들은 불행한 어머니이자 가련한 아내인 그녀를 불쌍하게 여겼다.

그녀의 출발이 허락되었을 때 그녀는 어린애들의 시체도 가지고 가겠다고 당국에 허락을 청원했다. 당국은 그녀의 모성에 매우 감탄하며 기꺼이 허락했다.

이 허가를 받은 다음 날 저녁에 로소로프스키는 알비니와 루드비카와 함께 세를 낸 수레에 아이들이 들어갈 궤짝을 싣고 묘지로 갔다. 알비나는 자식들의 무덤 앞에 무릎 꿇고 기도한 다음 눈물을 닦으며 일어나 로소로프스키에게 가서 말했다.

"당신이 해 주세요. 저는 못 하겠어요."

알비나는 옆으로 물러섰다. 로소로프스키와 루드비카는 묘석을 옮기고 삽으로 무덤의 윗부분을 파헤쳐 시체를 들어 낸 것처럼 보이게 했다. 모든 것이 끝나자 그들은 알비나를 불러 흙이 채워진 궤짝과 함께 집으로 돌아왔다.

출발일이 다가왔다. 로소로프스키는 계획이 거의 성공적으로 마무리되는 것에 대해 기뻐했다. 루드비카는 과자와 고기만두를 구우면서 그녀가 좋아하는 격언을 중얼거렸고 두려움과 기쁨으로 심장이 터질 것만 같다고 말했다.

미구르스키는 자기가 한 달 이상이나 숨어 지내던 천장에서 풀려나온 것이 기뻤고, 무엇보다도 알비나가 삶의 활력을 되찾게 된 것이 더없이 기뻤다.

그녀는 예전의 모든 슬픔과 탈출의 온갖 위험을 잊어버리기라도 한 것처럼 처녀 시절의 그 모습 그대로 그에게 달려오며 억누를 수 없는 기쁨으로 빛나고 있었다.

새벽 3시경, 호송을 맡은 카자크 사람이 세 마리의 말과 카자크 마부를 데리고 찾아왔다. 알비나는 루드비카와 함께 기르던 강아지를 데리고 융단으로 덮인 여행 마차의 좌석에 앉았다. 카자크 사람과 마부는 마부석에 앉았다. 농부 옷으로 갈아입은 미구르스키는 마차에 실린 궤짝 속에 누워 있었다.

그들은 시가지를 빠져나왔다. 건강한 세 필의 말은 지난해 쟁기질을 하지 않아 무성한 끝없는 초원을 가로지르며 돌처럼 다져진 길을 따라 마차를 끌고 달렸다.

10

알비나의 심장은 벅찬 희망과 기쁨으로 멎을 것만 같았다. 그 기분을 나누어 갖고 싶은 마음에 가끔 미소 지으며 루드비카를 향해서 고갯짓으로 마부석에 앉아 있는 카자크인의 넓은 등을 가리키기도 하고 마차 밑바닥을 가리키기도 했다. 루드비카는 꼼짝도 하지 않은 채 의미 있는 표정을 하고 앞만 바라보며 약간 입술을 움직일 뿐이었다.

날씨는 맑았다. 아침 햇살을 담은 은빛 나리새가 사방으로 끝없이 펼쳐진 초원은 눈부셨다. 아스팔트 도로에서처럼 바슈키르인들의 말에 단 쇠 말발굽 소리가 도로 양옆에서 들려왔다. 그리고 들다람쥐들이 서식하는 언덕이 보였고, 거기에는 작은 동물이 망을 보고 있다가 위험이 닥칠 때는 위험을 알리는 날카로운 소리를 내고 구멍 속으로 재빨리 숨어 버리곤 했다.

가는 도중에 가끔 나그네들을 만났는데 그때 밀을 운반하는 카자크 사람들이나 말을 탄 바슈키르인들을 만나면 우리 마차를 끄는 카자크인은 그들만의 타타르 언어로 말을 주고받았다.

그들이 들르는 모든 역驛의 말들은 생기가 있고 포동포동 살이 쪄 있었고, 알비나가 건네주는 술값은 마부들로 하여금 그들이 말하고 있는 전령傳令처럼 쏜살같이 앞길을 달리게 하는 구실을 했다.

처음 당도한 역에서 먼저 마부는 자기 말을 끌고 돌아갔고, 새 마부가 아직 말을 끌고 오지 않아서 카자크인이 마당으로 들어갔을 때 알비나는 허리를 굽혀 남편에게 물었다.

"기분이 어떠세요. 무엇이 필요해요?"

"아주 좋아요. 아무것도 필요한 것 없어요. 이 정도라면 이틀 밤낮은 편히 갈 수 있어."

해 질 무렵, 큰 마을 데르가치에 도착했다. 남편의 몸을 좀 펴게 하고 활기를 되찾게 하기 위하여 알비나는 마차를 역에 세우지 않고 여관 앞에 세웠다.

그리고 카자크인에게 돈을 주어 달걀과 우유를 사다 달라고 심부름을 보냈다. 여행 마차는 처마 밑에 세워져 밝은 컴컴했다. 루드비카에게 카자크인을 망보게 하고 알비나는 남편에게 먹을 것을 주었다. 그리고 카자크인이 돌아오기 전에 마차 밑의 비밀장소로 다시 들어갔다. 이곳에서 다시 말들을 바꾸어 여행을 계속했다.

알비나는 점점 마음이 흥분되는 것을 느꼈다. 그녀는 자기의 기쁨과 끓어오르는 감정을 억제할 수 없었지만 그녀에게는 루드비카와 카자크인 그리고 강아지 트래조르카 외에는 이야기할 상대가 없었다. 그녀는 그들에게서 위안을 얻었다.

루드비카는 못난 얼굴에도 불구하고 모든 사내들이 자기에게 관심을 보이는 것은 아닌가 하고 의심해 왔는데, 지금은 밝고 선량하며 푸른 눈을 가진 건장하고 마음씨 좋은 우랄 지방에서 온 카자크 사람에게 연심을 품고 있었다. 카자크인은 두 여인을 호송하고 있었고 그의 정직함과 소박함은 두 여인을 기분 좋게 만들었다.

알비나는 강아지 트래조르카가 좌석 밑을 냄새 맡지 않도록 달래면서, 루드비카와 자신에게로 향하는 의도에 대해 전혀 의심하지 않고 무슨 말을 하든 환하게 웃는 카자크인과 함께하는 희극적 교태에서 위안을 찾고 있었다.

위험하지만 얼마 있으면 성공되는 일, 훌륭한 날씨와 초원의 신선한 공기로 잔뜩 흥분되어 있는 알비나는 그녀가 오랫동안 경험해 보지 못한 어린애 같은 기쁨과 즐거움을 맛

보았다.

미구르스키도 그녀의 명랑한 말소리를 들으며 자기의 육체적 고통—더위에 의한 갈증에 고통을 느꼈다—에도 불구하고 자기에 대해서는 잊어버리고 그녀가 기뻐하는 것에 그도 같이 기뻐했다.

이틀째 해 질 무렵 안갯속에서 무엇인가 보이기 시작했다. 그것은 사라토프시市와 볼가강이었다. 카자크인은 초원 생활에 익숙해진 눈으로 볼가강을 바라보았다.

그리고 볼가강의 돛대들이 보인다며 루드비카에게 가리켰다. 루드비카는 자기도 보인다고 말했다. 그러나 알비나는 아무것도 알아볼 수 없었지만 일부러 남편이 알아듣도록 큰 소리로 이렇게 말했다.

"사라토프시와 볼가강이에요!"

마치 트래조르카와 이야기하듯 알비나는 자기도 본 모든 것을 남편이 듣도록 말했다.

11

알비나는 사라토프시까지 들어가지 않고 볼가강 왼쪽의

시내 맞은편에 있는 포크로프스카야 마을에 마차를 세웠다. 이곳에서 밤에 남편과 상의하여 일이 잘되면 궤짝에서 나오게 하려고 했다.

그러나 카자크인은 짧은 봄밤을 마차에서 떠나지 않고 처마 밑에 세워진 빈 수레 안에서 지새웠다. 루드비카는 알비나의 지시대로 마차 안에 앉아 있었다.

그녀는 카자크인이 자기 때문에 마차에서 떠나지 않고 있다고 확신하고 있었기 때문에 눈을 깜박이며 미소 띤 자기의 주근깨 얼굴을 손수건으로 가렸다. 그러나 알비나는 카자크인이 무엇 때문에 마차에서 떠나지 않고 저렇게 붙어 있는지 점점 불안해지기 시작했다.

5월의 짧은 밤은 서서히 붉게 물들고 있었다. 알비나는 여관방에서 나와 불쾌한 냄새가 나는 복도를 지나 뒤쪽의 층계로 나왔다 들어가곤 했다. 카자크인은 여전히 자지 않고 마차 옆의 빈 수레에 발을 뻗고 앉아 있었다.

날이 밝아옴을 알리는 수탉의 울음소리가 마당에서 들려왔을 때 알비나는 아래로 내려가 남편과 이야기를 나눌 수 있었다. 카자크인은 발을 쭉 뻗고 수레에서 코를 골며 자고 있었다. 그녀는 마차 옆으로 조심스럽게 다가가 궤짝을 두드렸다.

"유죠!"

대답이 없었다.

"유죠! 유죠!"

그녀는 놀라 좀 더 큰 소리로 불렀다.

"왜 그래요? 여보! 뭐야?"

졸린 듯한 음성이 궤짝 속에서 들려왔다.

"왜 대답이 없어요?"

"잠깐 잠이 들었어."

그녀는 목소리의 울림으로 미루어 보아 그가 미소를 짓고 있다는 것을 알았다.

"나가는 거야?"

"안 돼요. 여기 카자크인이 있어요."

이렇게 말하고 그녀는 수레에서 자고 있는 카자크인을 돌아보았다. 놀랄 일이었다. 카자크인은 코를 골고 있었는데 그의 눈, 그 선량한 눈을 뜨고 있었다. 그리고 그녀를 보고 있었으며, 그녀와 시선이 마주치자 눈을 감아 버렸다.

'이것은 내게 그렇게 보였던 것뿐일까, 아니면 정말 그가 자지 않고 있었던 것일까?'

알비나는 자문했다.

'아마 그렇게 보였던 것이겠지.'

그녀는 다시 궤짝으로 몸을 돌렸다.

"조금만 더 참으세요. 무얼 먹고 싶으세요?"

"아니. 담배가 피우고 싶어."

알비나는 다시 카자크인을 돌아보았다. 그는 자고 있었다.

'그래, 나에게 그렇게 보였던 것이 분명해.'

그녀는 대수롭지 않게 생각했다.

"나는 지금 지사知事에게 다녀와야겠어요."

"그럼 잘 다녀와요."

알비나는 가방에서 옷을 꺼내 갈아입으려고 여관으로 갔다. 깨끗한 상복喪服으로 갈아입고 알비나는 볼가강을 건너 마차를 타고 지사에게로 갔다. 지사는 반갑게 그녀를 맞았다. 미인인 데다가 애교 있게 미소를 지으며 유창하게 프랑스 말을 하는 이 폴란드 미망인이 젊은 옷차림을 한 노老지사의 마음에 들었다.

그는 그녀에게 모든 것을 허락하고 짜리쩬의 시장에게 보내는 명령서를 받으러 내일 다시 자기에게 오라고 말했다. 지사가 보여 준 태도에 자기의 매력이 주요했다는 것을 매우 기뻐하면서 알비나는 행복하고 희망에 부풀어 산기슭의 비포장도로를 따라 마차를 타고 부두로 돌아왔다.

아침 해는 벌써 숲 위 상공에 떠올라 햇살은 거대한 흐름의 잔물결이 일고 있는 물 위에서 춤추고 있었다. 산 왼편과 오른편으로 흰 구름처럼 향기로운 꽃으로 뒤덮인 사과나무가 보였다. 강가에는 돛대가 숲처럼 보였으며 바람에 일렁이는 잔물결 위로 돛이 희끗희끗하게 보였다.

알비나는 부두에서 아스트라한까지 갈 배를 세 낼 수 있겠느냐고 물었더니 옆에서 듣고 있던 수다스럽고 쾌활한 사공들이 서로 자기의 배를 이용해 달라고 제의했다.

그녀는 사공들 중에서 마음에 드는 사람과 약속을 하고 빽빽이 들어찬 배들 중에서 그 사람의 배를 보러 갔다. 그 배에는 돛대 하나가 세워져 있어서 바람을 이용하여 갈 수가 있었다. 바람이 없을 때에는 노를 저을 수 있는 건장한 두 사람이 있었다. 명랑하고 마음씨 좋은 뱃사공은 여행 마차도 남겨 두지 말고 바퀴만 떼어 배에 실으라고 충고해 주었다.

"실어만 놓으면 손님도 편히 앉아 가게 될 거예요. 날씨만 좋으면 닷새면 충분히 아스트라한까지는 당도할 수 있지요."

알비나는 뱃사공과 약속을 끝내고 그에게 포크로프스카야 마을로의 로기노프 여관으로 마차도 보고 계약금도 받으러 오라고 일렀다. 모든 일이 그녀가 생각했던 것보다 수월하게 진행되어 갔다. 더없는 행복감으로 알비나는 볼가강을 건넜다. 그리고 마부에게 삯을 주고 여관으로 향했다.

12

카자크인의 이름은 다닐로 리파노프로, 웁쉬 분수령에 있는 스트렐레츠키 우묘트 출신이었다. 그는 서른네 살이었으며, 카자크 근무 연한의 마지막 달을 맞이하고 있었다.

그의 가족으로는 아직도 푸카초프를 기억하고 있는 아흔 살의 할아버지와 두 동생, 옛 신앙信仰 때문에 시베리아로 유형 간 형수, 또 자기의 아내와 두 딸, 두 아들을 두고 있었다. 그의 아버지는 프랑스인들과의 전쟁에서 돌아가셨다.

그는 집안의 가장이었다. 그의 집은 열여섯 마리의 말과 두 마리의 소를 가지고 있었고, 또 자기 마음대로 경작할 수 있는 15헥타르의 땅을 소유하고 있었고 거기다 밀을 경작하였다. 다닐로는 오렌부르크, 카잔에서 근무했고 지금은 근무 연한이 끝나려는 참이었다.

그는 옛 신앙을 굳게 믿었고 담배나 술도 하지 않았으며 마을 사람들과는 식사도 하지 않았다. 한번 맹세한 것은 어떠한 일이 있어도 지키는 사람이었다. 자기가 맡은 일은 실수 없이 정확하게 수행하고 상관으로부터 임무가 부여되면 총력을 기울여 완수하였으며, 자기 권한 내의 사명감을 한순간도 잊지 않고 끝까지 실천하였다.

지금 그는 사라토프까지 두 여인과 어린애의 관을 호송하는 일에 있어서 도중에 실수가 없고 무사하도록 그리고 사라토프에서는 관례에 따라 관헌에게 인도하도록 명령을 받고 있었다. 그래서 그는 두 여인과 어린애의 관 그리고 강아지까지 데리고 온 것이다. 여자들은 비록 타국 폴란드 여인들이기는 하나 상냥하고 좋은 사람들이었으므로 상식에 어긋나는 일은 전혀 없었다. 그런데 포크로프스카야 마을에서 저녁때 마차 옆을 지나가는데 강아지가 마차 안으로 뛰어 들어가 거기서 꼬리를 흔들며 끙끙거리는 것을 보았다.

그리고 마차 밑에서 무슨 소리가 들리는 것 같았다. 폴란드 여자 중 한 사람이 마차 안의 강아지를 보자 기겁을 하며 강아지를 끌어내 갔다.

'저기에 무엇인가 있군.'

카자크인은 그것을 살피기 시작했다. 젊은 폴란드 여자가 이른 새벽에 여행 마차 옆에 나왔을 때 그는 자는 척하며 궤짝에서 남자 목소리가 나는 것을 똑똑히 들었다. 그리고 아침 일찍 그는 경찰서로 찾아가 폴란드 여인들이 무엇인가 수상한 일을 벌이고 있으며 궤짝 속에 어린애 시체 대신 어떤 산 사람을 운반하고 있다고 신고했다.

알비나는 더할 나위 없는 기쁨과 즐거운 마음으로 이제는 모든 것이 끝나 며칠 뒤면 자유의 몸이 될 것이라고 확신하며 여관으로 돌아왔다. 그때 그녀는 대문에 두 필의 말과 두 카자크인이 서 있는 것을 보고 놀랐다. 문간에는 마당을 들여다보는 사람들이 몰려 있었다.

그녀는 희망과 기쁨으로 넘쳐 있어서 한 쌍의 말과 몰려와 있는 군중들이 자기와 관련이 있으리라고는 미처 생각지 못했다. 그녀는 마당으로 들어서는 순간, 자기들의 마차가 서 있던 처마 밑을 힐끗 쳐다보고 나서야 군중이 자기들의 마차에 몰려 있는 것과 강아지 트래조르카가 절망적으로 짖고 있는 것을 들었다. 일어날 수 있는 가장 두려운 일이 일어났던 것이다.

여행 마차 앞에는 햇빛에 반짝이는 단추와 견장이 붙은 깨끗한 제복과 윤이 나는 장화를 신은 검은 구레나룻의 의젓한 사내가 서서 쉰 목소리로 무엇인가 명령하고 있었다. 그의 앞에 서 있는 두 병사 사이에 머리가 헝클어지고 지푸라기가 붙은 농사꾼 옷을 입고 서 있는 유죠가 보였다.

그는 자기 주위에서 일어나고 있는 일이 아무래도 납득이 가지 않는 듯한 태도로 어깨를 올렸다 내렸다 하고 있었다. 강아지는 자기가 모든 불행의 원인이라는 것도 모르고 서장을 향해서 앙칼지게 짖어 대었다. 알비나를 보자 미구르스키는 몸을 부르르 떨면서 그녀에게로 가려다가 병사들에게 제지를 당했다.

"아무것도 아니야. 알비나, 아무것도!"

미구르스키는 온화한 미소를 보냈다.

"아, 바로 아주머니시군요! 이리 오십시오. 이것이 당신의 아이들 관입니까?"

경찰서장은 미구르스키를 향해 눈짓으로 가리키며 말했다.

알비나는 대답을 하지 않고 그저 가슴을 움켜잡고 입을 벌린 채 공포에 질려 남편의 얼굴만 바라보았다.

이러한 일은 죽음 직전과 대체로 인생에 있어서 결정적인 순간에 흔히 있는 것으로 그녀는 일순간에 수많은 생각과 감정들을 경험했던 것이다. 그러나 아직 자기의 불행을 알지도 믿을 수도 없었다.

그녀가 느낀 첫 번째 감정은 오래전부터 익숙한 감정 즉, 그녀 앞에서 영웅인 남편이 모욕당할 때 느껴지는 감정, 손아귀에 넣고 난폭하고 거칠게 다루고 있는 그들 앞에서 느껴지는 비참한 감정 그것이었다.

'어떻게 저들이 모든 사람들 중에서 가장 훌륭한 내 남편을 잡을 수 있는가?' 이런 감정과 동시에 일어난 것은 또 다른 불행에 대한 기억이었다. 불행에 대한 기억은 그녀의 생애에 있어서 최대의 불행 즉, 자식들의 죽음에 대한 회상을 불러일으켰다.

그러자 '무엇 때문에 자식들을 빼앗겼는가?'라는 의혹이 생겼다. '무엇 때문에 자식들을 빼앗겼는가?' 하는 문제는 다시 '무엇 때문에 지금 누구보다도 가장 훌륭한 사람인 내 남편이 파멸되고 고통받아야 하는가?' 하는 의혹을 불러일으켰다. 그리고 그녀는 그를 기다리고 있는 치욕적인 형벌이 자기 한 사람에게 원인이 있다는 생각을 했다.

"저 사람은 당신과 어떤 사이입니까? 당신의 남편인가요?"

경찰서장은 되풀이해서 물었다.

"무엇 때문에? 무엇 때문에?"

그녀는 갑자기 외쳤다. 그리고 히스테릭하게 웃기 시작하더니 마차에서 떼어 낸 궤짝 위에 쓰러졌다. 눈물로 온 얼굴을 적신 루드비카가 몸을 떨면서 그녀에게로 다가왔다.

"마님, 가련한 마님! 하나님께서 구해주실 것입니다. 아무 일도 없을 거예요. 괜찮을 거예요."

그녀는 알비나의 손을 만지며 말했다.

미구르스키에게 수갑이 채워지고 마당에서 끌려 나갔다. 그것을 보자 알비나는 뒤따라 쫓아갔다.

"용서해 주세요. 나를 용서해 주세요! 모든 것은 다 내 잘

못이에요! 나 한 사람의 잘못이에요."

"누구의 잘못인지는 조사하면 다 밝혀져요. 물론 당신에게도 잘못이 있겠지요."

경찰서장은 이렇게 말하고 그녀를 한 손으로 밀쳤다.

미구르스키는 나루터로 끌려갔다. 알비나는 자기가 무슨 짓을 하고 있는지조차 모른 채 미구르스키 뒤를 따라갔다. 그녀를 말리는 루드비카의 말은 들리지도 않았다.

카자크 사람 다닐로 리파노프는 그동안 줄곧 마차 옆에 서서 침울한 표정으로 경찰서장과 알비나를 번갈아 쳐다보며 서 있었다.

미구르스키가 끌려갔을 때 혼자 남은 강아지 트래조르카가 꼬리를 흔들며 그에게 매달렸다. 강아지는 여행을 하는 동안 그와 친해진 것이다.

카자크인은 갑자기 마차에서 물러나 모자를 벗어 땅바닥에 힘껏 내팽개쳤다. 그리고 강아지를 발로 걷어차고 술집을 찾아 들어갔다. 자기에게 있는 돈과 옷가지를 내고 음식점에 있는 술을 밤낮으로 몽땅 마셔 버렸다.

그리고 다음 날 밤이 되어 겨우 도랑에서 잠이 깨었을 때 비로소 자기를 집요하게 괴롭혔던 문제, 궤짝 속에 폴란드인이 숨어 있다는 것을 신고한 것이 과연 잘한 것일까 하는 생각을 더 이상 하지 않기로 했다.

미구르스키는 재판을 받고 도주한 대가로 병사들에 의한 1,000대의 태형을 선고받았다. 그러나 페테르스부르그와 연결선이 있던 반다와 일가친척들이 그의 감형을 위하여 동분서주하며 진정서를 낸 끝에 그는 결국 시베리아로 추방당해 거기서 영주永住하게 되었다. 알비나도 그를 따라 떠났다.

니콜라이 파블로비치는 폴란드뿐만이 아니라 전 유럽에서까지 혁명의 봉기를 짓밟아 버린 것에 대해 기뻐하고 있었다. 그리고 러시아 전제정치의 법을 위반하지 않고 러시아 국민의 행복을 위해서 폴란드를 러시아의 권력 하에 두게 됨을 자랑스러워했다. 또한 별을 달고 금빛 제복을 입은 무리들도 이 일에 대해 그를 찬양했다. 그리하여 그는 자기가 위대한 인간이며 자기의 삶이 인류를 위해, 특히 그의 모든 힘이 무의식중에 타락과 무지로 몰아넣었던 러시아인을 위해 행복이 되고 있다고 진심으로 믿었다.

톨스토이에 대하여

톨스토이에 대하여

†

　톨스토이는 19세기 러시아의 작가이자 사상가로 군림하기까지 유년 시절부터 불운을 겪어야 했다. 1828년에 명문 백작의 넷째 아들로 출생했지만, 2세 때 어머니가 사망하고, 9세 때 아버지가 사망함으로써 그는 숙모의 품에서 자랐다. 그러나 13세 때 부모나 다름없는 숙모마저도 세상을 떠나고 그는 다시 고모의 품에서 성장을 하였다.

　1844년인 16세에 카잔 대학 아랍 터키어 문학과에 입학하나, 그 이듬해에 법과대학으로 전과하여 루소의 저술에 심취했다. 그러나 대학 생활에 실망을 느껴 중퇴한 후 고향으로 돌아와 농민 생활의 개선 등에 힘쓰지만 실패하고 말았다.

　1851년인 23세에 형의 권유로 사관후보생이 되어 군에 입대한 그는 처녀작 『유년 시절』을 익명으로 발표하여 문단의 시선을 끌었다. 이때부터 본격적인 작품 활동을 시작하게 되는데, 24세 때 그 유명한 『까자끄 사람들』을 기고했다.

　1861년인 33세 때에 파리에서 투르게네프와 만나게 되는데, 당시 리얼리즘의 대가였던 투르게네프와의 만남은 그의 작품에 많은 영향을 미쳤다. 그가 34세 되던 해에 궁정의인 베르스의 딸과 결혼하였는데 그녀의 나이는 18세였다.

그 이듬해에는 『까자끄 사람들』을 발표했다. 로맹 롤랑은 이 작품을 "톨스토이가 쓴 것 가운데서도 가장 뛰어난 서정적인 소설의 하나이자, 청춘의 노래이며, 카프카스의 시이다."라고 일컬었고, 투르게네프는 "러시아어로 쓰인 가장 아름다운 이야기이다."라고 찬사를 아끼지 않았다.

1864년에는 나폴레옹의 모스크바 침입을 배경으로 한 『전쟁과 평화』를 구상하여 기고하였다. 이 작품은 나폴레옹 전쟁 직전부터 나폴레옹 전쟁 등 자유주의적 사회 기운이 팽배하기 시작한 시기의 15년 동안에 걸친 러시아 역사의 중요한 시기를 재현한 것이다. 로맹 롤랑은 이 작품을 "19세기 전 소설계에 군림하는 거대한 기념탑이다."라고 찬사하기도 하였는데, 이 작품은 오늘 날짜까지 톨스토이의 대표작으로 손꼽히고 있다.

1875년 그의 나이 47세 때 그의 최대의 걸작인 『안나 카레니나』를 《러시아 통보》에 발표하기 시작하여 1877년에 완성하였다. 도스토예프스키는 이 작품에 대하여 "『안나 카레니나』는 으뜸가는 예술 작품으로서 꼭 알맞게 구성된 완전무결한 것이며, 현대 유럽 문학 가운데 견줄 것이 없을 만큼

특출한 걸작이다."라고 극찬하였다.

톨스토이는 이 작품에서 우연히 모아 맞춘 듯한 개인의 한 일단의 생활을 그 가정 내의 온갖 부조리와 함께 우리들 앞에 제시하면서, 개인의 인간성의 충실함이 전체적인 조화를 이룸을 보여 주고 있다.

1882년 모스크바 빈민굴을 돌아본 후, 그는 종교·윤리적 문제에 대한 사상을 사회 제도로까지 확대, 사유재산을 부정하게 되었고, 이때부터 부인과 자주 불화를 일으켰다.

그는 러시아 국교가 아닌 성령부정파 교도와 친교하면서 미주할 비용 마련을 위해 작품『부활』에 심혈을 기울였다. 그는 이 작품을 1889년에 시작하여 몇 번인가 중단했다가, 약 10년 뒤인『안나 카레니나』를 발표한 지 약 20년 만인 1899년에 그의 대작을 완성하였다.

그러나 그는 부인과의 불화가 점점 심화되어서 재산과 많은 책의 저작권을 포기하였는데, 이 문제로 두 사람 사이엔 분쟁이 끊이지 않았다. 이런 가정사의 모순 해결을 위해 가출을 결정했던 그는, 1910년 가출한 그해 병을 얻어 현재 페르 톨스토이역이 되어 있는 아스타포보의 역사에서 82세의 나이로 사망하였다.

톨스토이는 그의 작품에서 드러나듯이 자신의 세계관과

예술에서 특히 종교적 신념과 인간성 그리고 모순으로 고민하면서 이 모순을 극복하기 위하여 일생 동안 격렬한 투쟁을 계속했던 문학가이다.

톨스토이 자신이 명문 백작 가문에서 출생했지만 러시아 사회의 처절한 현실에 깊은 양심의 가책을 느끼고, 지주들은 그들의 특권에 대해서 민중에게 보상해야 할 의무가 있다고 생각하였는데, 이러한 그의 생각들은 그의 작품들에 잘 형상화되어 있다. 평생 사회의 부조리와 자신과의 싸움을 작품 속에서 그렸던 그의 열정은 그의 삶이었으며 그의 작품 그 자체였다.

춘원 이광수의 말처럼 '그는 예술가가 본령이 아니고 악을 분쇄하여 지상에 인류의 이상향을 세우는 것을 본령'으로 삼았던 것이다.

작품 줄거리 및 해설

✝

　톨스토이는 1870년대 후반기에 『참회』에서 고백하고 있는 것과 같은 정신적 고뇌를 경험한 뒤, 위대한 대지주에서 위대한 농부로의 전환을 보여 주었다. 톨스토이의 전환에 대한 풍문이 나돌자 올바른 생활에 뜻을 두고 있던 사람들이 그의 주위에 모여들었는데, 이러한 사람들과의 교제가 민중에게 봉사하려는 그의 마음을 더욱 확고하게 해 주었다. 이렇게 톨스토이는 민중을 위하여 무언가를 하기 위해 노력했는데, 이러한 과정 속에서 그의 민화가 탄생하게 되었다.

　톨스토이는 특히 복음서의 진리를 일반 대중이 쉽게 흡수하도록 단순하고 간결하며 정확한 말로 표현한, 주옥같은 일련의 민화를 많이 썼다. 그 대표작이 『사람은 무엇으로 사는가』(1881)이다. 이 작품은 톨스토이의 민화 가운데 첫 작품으로 예부터 러시아에 전해 내려오는 국민 전설의 하나가 이 작품에 토대가 되었다. '사람은 무엇으로 사는가'라는 문제를 가난한 구둣방 부부와 천사에 결부시켜 그 생활의 추이에 따라 이야기를 진행하는 것으로 어디까지나 톨스토이 자신의 창작이라고 보아도 무방할 것이다.

『바보 이반』 역시 손꼽히는 민화로 이 이야기는 러시아에 옛날부터 전해 내려오는 민간 전설을 줄거리로 하여 여러 가지 다른 이야기를 보충한 것이다. 결국 이반의 그 한량없는 선량함에 의하여 행복을 얻는다는 것으로 매듭을 지었고 그러한 의미에서 '바보 이반'은 러시아의 국민적 감동이 되었다.

『인간에게 얼마나 많은 땅이 필요한가』 역시 톨스토이 민화 중 대표작이다. 사람의 물질에 대한 욕망은 얼마나 끝이 없는가? 그리고 그것이 인간 생활에 얼마나 무서운 해를 끼치는가를 절실하게 느끼게 하는 작품이다.

『무엇 때문에』는 막시모프의 저작인 『시베리아와 유형』에서 영감을 얻어서 저술한 작품으로 멜로 드라마적인 사건의 흐름 밑바닥에서 작자는 쉴 새 없이 나타나서 '무엇 때문에?', '무엇 때문에?'라고 속삭이고 있다.

이러한 일련의 작품들은 톨스토이의 순전한 창작이 아닌 것이 많다. 그 대부분이 전설이나 민화를 소재로 한 것이기 때문이다. 따라서 그의 민화에 해당하는 작품들은 전설이나 민화를 개작한 작품이라고 해도 과언이 아니다. 그러나 그것을 개작함에 있어서 예술가로서의 비범한 능력이 충분히 발휘되고 있을 뿐만 아니라, 거기에는 톨스토이가 전 생애를 걸쳐 고뇌로서 터득한 심오한 진리가 내재해 있기 때문에 단순한 개작으로 치부하기는 곤란하다. 이러한 작품들이 민중의 가슴을 울렸다는 것은 톨스토이의 재능을 다시 한번 입증해 주는 것이다.

그는 자신의 예술관을 『예술이란 무엇인가』라는 작품에서 밝히고 있는데, 그러한 그의 예술관은 민화·우화·동화·전설 등의 형식으로 형상화되었다. 톨스토이는 이처럼 민중에게 가장 친숙한 장르를 선택하여 자신의 사상과 종교가 어떤 것인가를 보여 주고 있는 것이다.

역자 후기

어려서부터 잠자리에서 자장가처럼 듣던 옛날이야기를 통해 아이들은 왜 착하게 살아야 하는지, 왜 악하게 살면 안 되는지를 자연스럽게 이해하게 된다. 어른이 되어선 때때로 선과 악의 경계에서 방황하게 될 때 우리는 옛날이야기를 떠올리며 일상에 쫓겨서 잊고 있었던 단순한 진리들을 새삼 깨닫곤 무심코 잔을 주시하다가 어떤 감정이 목으로 올라와 멍하니 하늘을 바라보곤 한다. 이렇듯 대부분의 옛날이야기 속에는 아이들이 들어도 이해할 수 있는, 우리가 인생의 본보기로 삼아야 하는 위대한 힘이 담겨 있게 마련이다.

톨스토이의 많은 단편들은 옛날부터 구전되어 내려오던 이런 이야기에 기반을 두고 있다. 톨스토이는 명문가 출신이었지만 자신이 누릴 수 있는 부와 명예, 폭력을 거부한 평화주의자였다. 그는 평생 민중들과 고락을 함께하며 그들의 삶의 지팡이가 되었으며, 무지한 농부들에게 글을 가르치고 아이들을 위해 학교를 세웠다. 이러한 그의 노력만 보아도 얼마나 민중을 아꼈는지 알 수 있다.

19세기 러시아 지주들의 권한은 거의 누구에게도 통제당

하지 않았기 때문에 최악의 조건 속에서 고통을 당했던 부류는 지주에 귀속된 농노들이었다. 19세기 제국 국민의 절대다수를 차지하는 사람들은 농민들이었고 그렇기 때문에 그들은 살아가기 위해 선량함과 잔인함이라는 양면성을 가지고 있었다. 톨스토이는 이러한 계층 간의 갈등, 혹은 사회적 갈등을 자신의 작품 속에서 사랑, 용서, 구원이라는 방법으로 해결해 나가고 있다.

『사람은 무엇으로 사는가?』에 실린 톨스토이의 작품들 속에는 문제의 해결을 사랑과 용서를 통해 해결하려는 그의 평화적인 인생철학이 잘 드러나고 있다. 특히 「사람은 무엇으로 사는가?」(1881)는 톨스토이의 대표적인 작품으로 사람이 어디에 기반을 두고 살아야 하는지를 제시해 주며 원하는 것이면 무엇이든 이룰 수 있다고 생각하는 인간의 어리석음을 일깨워 주고 있다.